L'ÉTALON NOIR

WALTER FARLEY

L'édition originale de ce roman a été publiée en langue
anglaise par Random House, New York, sous le titre :
The Black Stallion

Traduction de l'américain par Jacques Brécard.
Traduction revue par Philippe Rouet.
Photo de couverture : anakondaN / Moment / via Getty Images.
Photos intérieures : Sonia Fitzgerald / EyeEm / via Getty Images,
Somogyvari / E+ / via Getty Images, Evgeniy Kleymenov / EyeEm / via Getty Images.

Hachette Livre, 58, rue Jean-Bleuzen, 92178 Vanves Cedex.

L'ÉTALON NOIR
WALTER FARLEY
hachette
JEUNESSE

1

SUR LE CHEMIN DU RETOUR

Le *Drake*, un vieux cargo britannique quelque peu fatigué, creuse péniblement sa route dans les flots tumultueux de l'océan Indien. Il vient de quitter Bombay et emporte en Angleterre une lourde cargaison de café, de riz, de thé et de jute. Son unique cheminée vomit dans un ciel sans nuages des torrents de fumée noire.

Accoudé au bastingage, le jeune Alexander Ramsay – Alec pour ses amis new-yorkais – ne se lasse pas de regarder les vagues rebondir contre la coque et couvrir la mer d'écume. Sous le brûlant soleil, ses cheveux roux et bouclés brillent d'un vif éclat, cependant que le hâle de ses bras nus et de son visage rend moins apparentes ses taches de rousseur.

Qu'ils ont donc été amusants, ces deux mois de séjour aux Indes ! Son oncle Ralph allait lui manquer. Et puis, comment ne pas regretter la jungle et tous les bruits étranges de ses habitants, même les cris des panthères qui l'impressionnaient tant la nuit ? Jamais plus il ne considérerait comme un métier de tout repos le rôle du missionnaire. Pour accomplir une telle tâche, il faut être grand, fort et capable de parcourir à cheval, pendant des heures, les rudes sentiers à peine tracés dans l'inextricable forêt vierge. Non sans fierté, Alec se plaît à regarder ses bras musclés : l'oncle Ralph lui a appris à monter à cheval, exauçant ainsi un rêve caressé depuis des années. Hélas ! l'heure est maintenant venue de tourner la page. Les promenades à cheval se font rares, désormais…

Alec ouvre sa main droite pour mieux examiner le couteau de poche qu'il serre dans son poing. Sur la lame, l'oncle Ralph a fait graver : *Pour l'anniversaire d'Alec. Bombay.*

Et le vaillant pasteur lui a dit en lui remettant ce souvenir :

— Tu sais, Alec, quelquefois, on est bien content d'en avoir un !

Une grosse main se pose sur son épaule, tandis qu'une voix rude l'interpelle :

— Alors, petit, te voilà en route pour le pays !

Alec lève les yeux vers le visage tanné et plein de rides du commandant.

— J'en ai du chemin à faire, commandant, répond-il, avant d'être rendu chez moi ! Je vais avec vous en Angleterre, et de là je gagnerai New York par le *Majestic.*

— Oui, ça te fera un petit mois de navigation ! Tu m'as l'air d'un excellent marin, ma parole.

— Oh, ça oui ! Je n'ai jamais été malade, et pourtant, on a eu souvent mauvais temps pour venir, vous savez !

— Quand es-tu arrivé aux Indes ?

— En juin, avec des amis de mon père qui m'ont laissé à Bombay chez mon oncle Ralph, celui qui m'accompagnait tout à l'heure. Vous le connaissez ?

— Oui. C'est un homme remarquable, ton oncle. Et, comme ça, tu rentres tout seul chez toi ?

— Il le faut bien, commandant ! L'école recommence le mois prochain !

— À la bonne heure ! fait l'officier qui, tout souriant, le prend par le bras. Viens avec moi, veux-tu ? Je vais te montrer comment on gouverne ce bateau et comment il marche.

Tout le monde à bord se montre gentil envers Alec ; non seulement le commandant et l'équipage, mais aussi les quelques passagers du navire ; néanmoins, les jours s'écoulent monotones, tout au long de la traversée du golfe d'Aden et de la mer Rouge, et la torride atmosphère tropicale, impitoyable dans ces parages, incommode beaucoup ses compagnons de voyage. Pour eux, l'interminable succession de côtes sablonneuses ne présente aucun attrait ; pour Alec, au contraire, l'Arabie toute proche est le pays où l'on élève les plus beaux chevaux du monde. Or il considère le cheval comme le roi des animaux, et souvent il se demande si beaucoup de gens en rêvent à tout moment, comme lui.

Un jour, le *Drake* fait escale dans un petit port d'Arabie, ne comportant qu'un seul et médiocre quai d'embarquement. À mesure que le bâtiment s'en approche, Alec se rend compte qu'une foule de natifs, massés sur le môle, manifeste une agitation extrême ; sans doute l'arrivée d'un bateau dans ce coin peu fréquenté est-elle la cause du tumulte.

Mais dès que, avec un claquement sec, la passerelle est abaissée, chacun peut constater que l'entrée du *Drake* dans le port n'est pas la seule raison de cette effervescence. En effet, les Arabes se rassemblent en un point de la longue estacade et vocifèrent.

Soudain, un sifflement aigu et d'une rare puissance déchire l'air : jamais encore Alec n'a entendu quelque chose de pareil. Aussitôt après, un cheval noir, d'une taille et d'une force étonnantes, se dresse droit sur ses postérieurs et se met à battre l'air de ses antérieurs, comme s'il boxait. Il a la tête enveloppée d'une étoffe blanche qui l'empêche de voir.

Dès qu'il se cabre, la foule qui l'entoure s'écarte, terrifiée, et beaucoup de spectateurs s'enfuient. Les flancs et le ventre de l'animal sont blancs d'écume, et sa bouche, grande ouverte, laisse voir de redoutables mâchoires qui étincellent au soleil. C'est une bête gigantesque, beaucoup plus grande que les pur-sang arabes courants. Sa crinière se dresse, haute et droite comme une crête, avant de retomber jusqu'au bas de l'encolure ; celle-ci longue, mince et fortement arquée, soutient une tête assez petite, d'une saisissante beauté.

Sans doute possible, il s'agit là d'un étalon sauvage, c'est-à-dire du plus farouche, mais aussi du plus magnifique des animaux. C'est un splendide modèle dont la perfection physique illustre admirablement le caractère indomptable. À plusieurs reprises il pointe de nouveau en poussant de furieux hennissements qui semblent être des cris humains. Alec a peine à en croire ses yeux et ses oreilles ; il peut enfin contempler cette prodigieuse créature dont il a lu maintes descriptions et rêvé plus souvent encore : un étalon sauvage et indompté.

Deux cordes ont été fixées au licol de la bête, et quatre hommes s'acharnent à tirer dessus, pour tenter de mener l'étalon vers la passerelle d'embarquement du *Drake*.

Ainsi donc, on allait amener l'animal à bord ! Un Arabe au teint bistre, vêtu à l'européenne mais coiffé d'un haut turban blanc, dirige l'opération, un fouet à la main et s'exprimant rudement dans un langage inconnu d'Alec. Passant derrière le cheval, il lui assène un coup de fouet sur la croupe. Aussitôt l'étalon fait un tel bond qu'il renverse l'un des hommes qui tenaient la corde. L'indigène s'écroule et ne bouge plus. Le Géant Noir s'ébroue, puis se laisse tirer sur la passerelle ; Alec se demande où on va le mettre, si on réussit à l'embarquer.

Or voici que l'on y parvient. À quelque distance, le commandant Watson, l'air fâché, lève les bras au ciel et multiplie recommandations et ordres, pour que l'on fasse avancer l'animal jusqu'à la poupe. Un box de fortune y a été aménagé dans une cabine de pont désaffectée : le *Drake* n'est guère conçu pour le transport des animaux, et ses cales sont pleines à craquer.

Lorsqu'on a enfin amené l'étalon jusqu'à l'entrée de la cabine, un aide grimpe sur le toit et, se penchant vers l'animal, il le délivre de son capuchon. Au même moment, l'homme au turban cingle encore d'un coup de fouet la croupe du Géant Noir qui bondit dans son box.

Alec a l'impression que les cloisons de cette stalle improvisée ne résisteront ni à un tel poids ni à de tels coups de pied. Déjà des planches craquent sous l'effet des ruades, qui en envoient voler les éclats de tous côtés ; les sabots martelant le plancher font un vacarme infernal : on dirait un roulement de tonnerre ininterrompu. Quant à ces sifflements suraigus, ils donnent à Alec le frisson. Cela ne l'empêche pourtant pas de plaindre de tout son cœur le fier prisonnier qui passe brutalement de la liberté absolue à la plus exiguë des captivités, puisqu'il peut à peine se tourner dans son box.

Cependant le commandant Watson, fort mécontent, discute ferme avec l'homme au fouet ; jamais encore il n'a embarqué une cargaison de ce genre. Mais l'Arabe, tirant de sa poche un portefeuille bien garni, y prend une grosse liasse de billets qu'il compte et remet à l'officier. Celui-ci considère tour à tour l'argent et le box puis, hochant la tête et haussant les épaules, il s'en va. L'Arabe paye les hommes qui l'ont aidé à embarquer l'étalon ; dès qu'ils sont redescendus à terre, on relève la passerelle, et le *Drake* se remet en route.

Alec demeure un instant à observer les autochtones qui, sur le quai, s'affairent autour du corps inerte de leur camarade terrassé par le Géant Noir, puis il se tourne vers le box. L'homme au fouet s'est retiré dans sa cabine, laissant les autres passagers stationner et discuter avec passion, devant la stalle où l'étalon continue à mener un tapage endiablé.

Les journées qui suivent sont fiévreuses pour tout le monde, à bord du *Drake*. Alec n'aurait jamais imaginé qu'un cheval puisse avoir une énergie pareille et se montrer indomptable à ce point. Presque sans interruption, et même fort avant dans la nuit, les coups de sabot de l'animal résonnent d'un bout à l'autre du navire. On a en hâte renforcé les parois du box ; quant à l'Arabe au turban, il observe une attitude réservée et mystérieuse, n'échangeant de rares paroles qu'avec le commandant, et passant son temps seul à l'écart.

La mer Rouge fait enfin place au canal de Suez, puis le cargo pénètre en Méditerranée. Ce soir-là, Alec, laissant les autres passagers jouer aux cartes, remonte sur le pont. Il écoute avec soin : par exception, le Géant Noir se tient tranquille. D'un pas vif, il se dirige vers le box. La nuit est sombre et, tout d'abord, Alec ne voit ni n'entend rien. Puis, à mesure que ses yeux s'habituent à l'obscurité, il distingue les naseaux colorés de rose de l'étalon, qui a réussi à passer sa tête par la fenêtre.

Alec s'avance lentement et fouille dans sa poche, où il a glissé un morceau de sucre pendant le dîner. Une forte brise lui souffle au visage, empêchant le cheval de flairer son approche. Le jeune garçon arrive tout près du Géant Noir. Celui-ci, les oreilles bien droites, regarde vers le large ; ses naseaux frémissent, et le vent agite sa crinière comme une longue flamme noire. Alec, fasciné, le contemple longtemps, ayant peine à croire qu'une telle merveille puisse exister.

Soudain, l'étalon tourne la tête et le regarde ; ses yeux brillent dans la nuit. Une fois encore le sifflement perçant déchire l'air, et l'animal rentre sa tête dans le box. Alec pose le morceau de sucre sur le bord de la fenêtre, puis retourne dans sa cabine. Quand il revient, un peu plus tard, le sucre a disparu. À partir de ce soir-là, Alec répète quotidiennement la même manœuvre et apporte du sucre au prisonnier ; parfois, il lui arrive d'apercevoir le Géant Noir ; mais le plus souvent il ne fait qu'entendre les sabots marteler nerveusement le plancher.

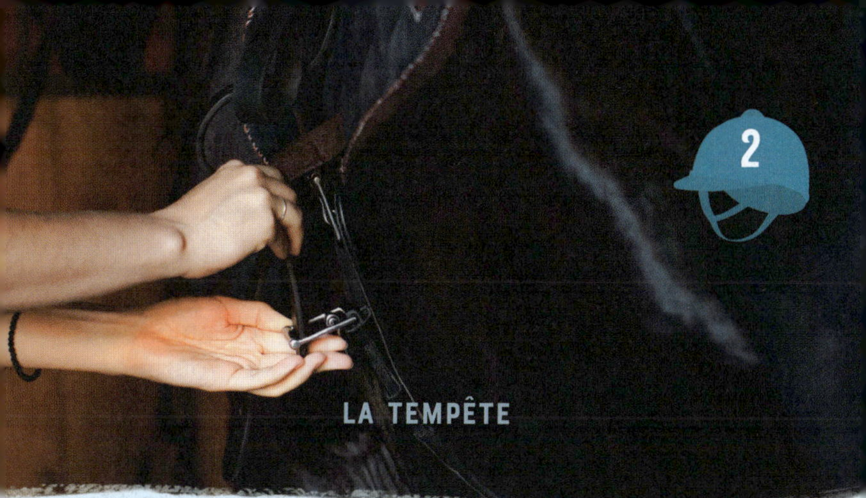

2

LA TEMPÊTE

Le *Drake* fait escale à Alexandrie, Bengazi, Tripoli, Tunis et Alger, puis, franchissant le détroit de Gibraltar, il met le cap au nord en longeant les côtes du Portugal. Quand il a doublé le cap Finisterre, au large de l'Espagne, le commandant Watson assure que, dans peu de jours, ils parviendront au terme du voyage.

Cependant, Alec ne cesse de se demander pourquoi l'on envoie le Géant Noir en Angleterre ; peut-être veut-on le faire courir ? Ses épaules obliques, sa haute et large poitrine, ses membres puissants, ses genoux situés ni trop haut ni trop bas, toutes ces qualités, l'oncle Ralph les considère comme les caractéristiques mêmes de la vitesse et de l'endurance du pur-sang.

Ce soir-là, comme à son habitude, Alec s'en va, les poches garnies de sucre, rendre visite à l'étalon. C'est une nuit chaude et exceptionnellement calme : de gros nuages masquent les étoiles, tandis qu'au loin des éclairs zèbrent le ciel. Le Géant Noir a la tête à la fenêtre et regarde la mer, en frémissant plus encore que de coutume. Dès qu'il voit le garçon, il hennit puis se tourne de nouveau vers l'océan.

Alec est content, car c'est la première fois que l'étalon ne rentre pas la tête. Aussi continue-t-il d'approcher, puis, plaçant un morceau de sucre sur la paume de sa main, il tend celle-ci, non sans hésitation, vers le cheval. Le Géant Noir se retourne et recommence à hennir, mais plus doucement. Alec ne bronche pas. Ni lui ni personne n'a encore réussi à approcher de si près l'étonnante bête, depuis qu'on l'a embarquée. Mais il se garde de prendre un trop grand risque et se contente de poser le morceau de sucre sur le rebord de la fenêtre. L'étalon regarde tour à tour le garçon et la friandise, puis il saisit délicatement le sucre avec ses lèvres et se met à le mâcher. Alec, enchanté, reste encore quelque temps à l'observer ; mais la pluie, commençant à tomber, le force à rentrer dans sa cabine.

Au milieu de la nuit, il est réveillé en sursaut ; le *Drake* roule bord sur bord de façon si insensée qu'Alec, incapable de se tenir debout, perd l'équilibre et s'étale sur le plancher. Dehors, les roulements de tonnerre se succèdent sans interruption, et les éclairs illuminent la pièce comme en plein jour.

C'est sa première tempête en mer. Il veut allumer l'électricité, mais il n'y a pas de courant. À la lueur d'un nouvel éclair, il s'aperçoit que tous les objets se trouvant sur sa table ont été projetés, eux aussi, sur le parquet, lequel est jonché de débris de verre. Il se hâte de passer une chemise et un pantalon, puis, n'ayant aux pieds que ses pantoufles, il va pour sortir quand il se ravise. S'agenouillant près de sa couchette, il cherche dessous et en retire un gilet de sauvetage ; il le passe autour de lui et le fixe solidement, tout en espérant ne pas avoir besoin de s'en servir.

Il ouvre la porte et se dirige en titubant vers le pont ; mais la fureur de la tempête l'empêche de l'atteindre et le contraint à rester dans la coursive. Cramponné à la rampe de l'escalier, il scrute intensément le trou noir qui s'ouvre au-dessus de lui. Les cris du commandant et des matelots parviennent à peine à se faire entendre dans l'ouragan. D'énormes vagues balaient le pont, d'un bout à l'autre du cargo. Des passagers affolés hurlent dans la coursive, derrière Alec qui commence à avoir très peur ; jamais il n'a vu une telle tempête.

Pendant des heures, le *Drake* réussit à passer au travers des vagues qui le font trembler, le couchent tantôt d'un côté tantôt de l'autre, mais ne le submergent pas. Les éclairs se succèdent sans le moindre répit dans le ciel, et les claquements secs du tonnerre se répercutent sur les eaux déchaînées.

À un moment donné, Alec aperçoit un des matelots qui, agrippant le bastingage, s'efforce désespérément d'atteindre l'escalier des cabines. Mais le navire se met à rouler plus fort que jamais, et une vague colossale s'abat sur le pont. Quand elle est passée, le matelot n'est plus là. Alec ferme les yeux, horrifié.

Il se produit ensuite une légère accalmie qui lui redonne un peu d'espoir. Mais, tout à coup, une colonne de feu tombe du ciel en plein sur le bateau. Un craquement formidable retentit, et Alec est précipité à plat ventre. Après un assez long étourdissement, il revient à lui ; son visage est chaud et gluant ; il y porte la main et s'aperçoit, en la retirant, qu'elle est rouge de sang. Puis il se rend compte qu'on lui marche dessus : les passagers, hurlant et vociférant, se ruent sur le pont en piétinant son corps. Quant au *Drake* il n'avance plus : ses machines se sont tues.

Rassemblant ses forces, Alec parvient à se relever et entreprend à son tour de monter sur le pont ; ce qu'il y trouve lui glace le sang. Frappé par la foudre, le *Drake* semble presque coupé en deux et commence à sombrer !

Chose étrange, malgré l'imminence d'une catastrophe et le péril mortel où il se trouve, Alec, à sa propre surprise, ne perd pas son sang-froid. L'équipage met les canots à la mer, sous les ordres du commandant. Mais, au moment même où la première chaloupe touche l'eau, une grosse lame la prend par le travers et la fait chavirer, précipitant tous ses occupants dans les flots.

Debout près du second canot, Alec attend vainement que son tour vienne d'y embarquer.

— Ils sont au complet ! lui crie le commandant. Mais ça ne fait rien, petit ! Tu vas monter dans le troisième.

L'officier lui met amicalement une main sur l'épaule, et Alec s'efforce de lui sourire. Comme ils observent la descente de la chaloupe, l'Arabe au turban blanc paraît soudain, gesticulant et bredouillant des mots inintelligibles.

— Sous la couchette ! Sous la couchette ! lui crie le commandant.

Alec s'aperçoit alors que l'homme n'a pas revêtu son gilet de sauvetage. Or voici qu'au lieu de retourner le chercher dans sa cabine, l'individu, terrifié, se précipite sur le garçon pour tenter de lui arracher le sien. Alec se débat de son mieux, mais il n'est évidemment pas de force pour résister à ce fou furieux. Un instant plus tard, le commandant Watson bondit sur le forcené et, le contraignant à lâcher prise, il le repousse contre le bastingage, tout près du canot qui commence à descendre. Mais, avant même que l'officier puisse intervenir, l'Arabe enjambe la lisse, pour sauter dans l'embarcation. À ce moment survient un brusque coup de roulis, et l'homme, perdant l'équilibre, bascule dans les flots en poussant un grand cri. Nul ne devait le revoir.

Aussitôt, Alec pense à l'étalon. Qu'est-il devenu dans ce drame ? Se trouve-t-il encore dans son box ? Poussé par un irrésistible désir de lui porter secours, Alec quitte la file des hommes qui attendent d'embarquer dans le troisième canot et se précipite vers la poupe. Si l'étalon vit encore, il va lui rendre la liberté et le laisser courir sa chance.

Le box n'a pas été détruit par la foudre ; dès qu'il en approche, Alec entend, dominant la tempête, les hennissements aigus du Géant Noir. Se ruant sur la porte, il soulève la lourde barre de fer qui la verrouille et l'ouvre toute grande. Aussitôt, les violents coups de sabot cessent de marteler le plancher.

Alec s'écarte lentement de la porte et recule sans perdre de vue le cheval. Celui-ci sort de son box, la tête haute, les naseaux frémissants. Tout d'abord il marque un temps d'arrêt et paraît hésiter. Puis, brusquement, il fonce droit sur Alec, qui, paralysé, se cramponne à un morceau du bastingage, mais celui-ci, brisé en maints endroits, n'offre plus qu'une faible protection, et Alec se rend compte que l'étalon cherche à profiter d'un des trous pour sauter à la mer.

Arrivé tout près du garçon, l'animal vacille un peu sur ses jambes, puis bondit dans les flots ; mais, ce faisant, son épaule frôle celle d'Alec qui, lui aussi, bascule par-dessus bord.

Lorsque, après un plongeon magistral, le garçon revient à la surface, sa première pensée est de chercher des yeux le navire. Or, à ce moment même, une formidable explosion retentit, et le *Drake*, après avoir un instant dressé sa proue vers le ciel, s'engloutit en quelques secondes. Épouvanté, Alec regarde de tous côtés, espérant découvrir une chaloupe, mais il n'en voit aucune.

En revanche, à moins de dix mètres de lui, il aperçoit la tête de l'étalon qui nage vigoureusement. Quelque chose glisse près de lui sur l'eau ; c'est une des cordes qui ont servi à tirer le Géant Noir sur la passerelle et que personne n'a réussi à détacher du licol. Instinctivement, Alec s'en empare et aussitôt il se sent traîné dans l'eau.

Les vagues sont encore très fortes, mais, grâce à son gilet de sauvetage, Alec peut se maintenir à la surface. Au point où il en est, il ne réfléchit plus. Il n'a d'ailleurs que peu de choix : il lui faut ou bien rester seul dans l'eau ou bien se laisser tirer par l'étalon. Et plutôt que de périr seul, il préfère encore, si tel est son destin, disparaître en compagnie de l'extraordinaire Géant Noir.

Pendant des heures, Alec se débat contre les vagues. Il a solidement attaché la longe à son gilet de sauvetage, et souvent il peut à peine maintenir sa tête hors de l'eau. Soudain, il sent que la corde se détend : l'étalon a cessé de nager ! Alec attend anxieusement ; malgré l'obscurité, il peut apercevoir la tête du cheval qui continue à émerger. Un hennissement strident déchire l'air, puis la corde se tend de nouveau, mais la vaillante bête a changé de direction. D'autres heures passent, la tempête fait place à de longues vagues, moins hautes et plus régulières, puis les premières lueurs de l'aube paraissent à l'horizon.

À quatre reprises, au cours de la nuit, l'étalon s'arrête ainsi, pour changer de direction, et Alec se demande si l'instinct de cet animal sauvage le conduira vers la terre. Le soleil, se levant, devient bientôt brûlant. Ayant avalé beaucoup d'eau de mer, Alec meurt de soif, mais, chaque fois qu'il sent le découragement l'envahir, il puise un courage nouveau à voir lutter devant lui la merveilleuse bête qui l'entraîne ainsi.

Tout à coup, il se rend compte qu'ils progressent, non plus contre les vagues, mais dans le même sens qu'elles. Réfléchissant à ce phénomène, il en conclut qu'ils doivent approcher d'une côte. Écarquillant ses yeux brûlants de sel, il cherche à distinguer l'horizon, et finalement il découvre, à moins d'un kilomètre, une plage.

Ce n'est qu'une île, mais peut-être y trouverait-il de la nourriture, et en tout cas de l'eau. Ils approchent de plus en plus vite de la côte, poussés par les brisants. De temps à autre les cris de l'étalon dominent le bruit du ressac, et bientôt l'animal peut marcher. Dès qu'il touche la terre, il s'arrête un instant et paraît chanceler un peu. Il secoue vigoureusement la tête, puis reprend sa progression, avec une aisance incroyable, dans les brisants.

Alec sent sa tête tourner ; quelle force, quelle endurance que celles de cet animal ! Voici qu'il l'entraîne maintenant à une allure beaucoup plus rapide. La situation du garçon deviendra vite dangereuse, car s'il ne détache pas la longe, il risque d'être traîné sur le sable.

À mesure que la côte approche, il fait des efforts désespérés pour défaire le nœud de sa ceinture ; mais l'eau de mer et la longue tension de la corde rendent la chose impossible. C'est alors qu'il se rappelle le couteau donné par son oncle Ralph. L'a-t-il encore ? Heureusement, il l'a mis dans la poche revolver de son pantalon, laquelle est boutonnée. Il y plonge la main et en retire le providentiel objet.

Il était temps, car le Géant Noir vient de sortir de l'eau et commence à traîner Alec dans le sable ; le malheureux garçon en a déjà plein la figure lorsqu'il réussit à ouvrir son couteau. Mais la corde est affreusement dure, et il lui faut la scier. En quelques secondes, l'étalon accélère son allure ; les vêtements d'Alec se déchirent, et il se trouve bientôt, à demi nu, roulant dans tous les sens au bout de la corde, et le corps en feu. Enfin, dans un dernier et frénétique effort, il réussit à trancher la longe. Il roule encore une ou deux fois sur lui-même, puis demeure étendu les bras écartés sur la plage. Et, fermant les yeux, il murmure :

— Oui, oncle Ralph, c'est rudement utile… un couteau !

3

L'ÎLE

Alec ouvre les yeux. Le soleil, haut dans le ciel, darde ses rayons sur sa tête nue. Il a le visage luisant et la langue gonflée. Il essaie de se lever, mais n'y réussit pas et, retombant sur le sable, il demeure encore longtemps inerte, incapable de faire un mouvement. Revenant enfin à lui, il rassemble ses forces et tente un nouvel essai, plus heureux cette fois. Il se met d'abord à genoux, puis, au prix d'un immense effort, parvient à se dresser sur ses jambes ; elles tremblent tellement qu'il a grand-peine à ne pas retomber. Il défait son gilet de sauvetage et le laisse glisser à terre.

Regardant autour de lui, il cherche désespérément où il pourrait se procurer de l'eau. L'étalon a laissé dans le sable de profondes traces ; sans doute aboutissent-elles à un ruisseau, car l'animal devait sûrement mourir de soif, lui aussi. Alec se met donc en route, d'un pas chancelant. La piste, quittant la plage, oblique brusquement vers l'intérieur de l'île. Celle-ci n'offre tout d'abord à ses regards que l'aspect désolé de dunes de sable brûlant. Il en escalade une, puis, parvenu au sommet, il se retourne et contemple la mer, maintenant paisible. Que d'événements survenus en peu de temps ! Que sont devenus ses compagnons de voyage ? Est-il donc l'unique survivant du naufrage ?

Du haut de la dune, il peut avoir une vue d'ensemble de l'île ; elle est toute petite et son pourtour ne doit guère dépasser trois ou quatre kilomètres. Elle semble déserte et ne présente pour toute végétation que de rares arbres, de chétifs buissons et çà et là quelques bandes de terre couverte d'une herbe clairsemée, brûlée par le soleil. De l'autre côté de l'île, le rivage est plus escarpé et comporte de hautes falaises rocheuses.

Les traces de l'étalon conduisent Alec au bas de la dune, puis sous une maigre futaie ; et là, après une brève marche, il aperçoit une petite mare. Passant avidement sa langue rugueuse sur ses lèvres craquelées, il hâte le pas et, un instant après, il découvre, à quelques mètres de la source, le Géant Noir qui broute voracement l'herbe desséchée.

La première réaction du garçon est la peur. Il revoit en pensée le petit port d'Arabie et la foule entourant le corps de l'homme terrassé par les sabots de l'étalon. La redoutable bête ne va-t-elle pas lui faire du mal ?

Pour l'instant elle dresse la tête et cesse de brouter. Alec remarque que le licol et la corde ont disparu ; l'indomptable pur-sang s'en est débarrassé. La brise secoue sa crinière, cependant que sa robe luit au soleil. Dès qu'il voit Alec, il pousse un vigoureux hennissement et se cabre en agitant ses antérieurs, comme il l'a fait sur l'estacade. Puis, ayant laissé retomber son avant-train, il se met à piaffer violemment.

Alec cherche des yeux un abri, mais n'en trouve pas à proximité ; trop épuisé pour courir, il reste sur place et regarde le cheval droit dans les yeux, fasciné par cet animal si sauvage et si proche. Il vient de lutter victorieusement contre les éléments, pour sauvegarder tout ce dont il avait besoin jusqu'alors, pour reconquérir sa liberté, pour retrouver de quoi se nourrir, pour sauver sa vie. Sans doute ne connaît-il qu'une loi : tuer ou être tué. Pour la seconde fois, il pointe, puis s'ébroue et bondit droit vers Alec.

Celui-ci ne bouge pas ; il se sent paralysé, hypnotisé. À vingt mètres de lui l'étalon s'arrête net, roulant des yeux terribles et couchant ses oreilles en arrière, puis il fait entendre son sifflement le plus aigu, qu'il répète plusieurs fois, tandis que ses naseaux semblent se dilater. Finalement, il passe entre Alec et la mare et recommence à piaffer d'un air farouche. Ce manège dure longtemps, sans qu'Alec ose faire le moindre geste ; l'animal regarde tour à tour le garçon et l'eau, et paraît indécis. Enfin, après un nouveau hennissement et une demi-courbette, il repart au trot vers la prairie d'où il est venu.

S'armant de courage, Alec s'approche alors de la source et se laisse tomber au bord de la mare ; il baigne longuement son visage en feu dans l'eau claire et fraîche ; il lui semble qu'il n'en boirait jamais assez. Puis, se sentant renaître, après s'être ainsi désaltéré, il ôte ses vêtements en lambeaux et lave son corps tuméfié. Mais cet effort même l'épuise, en sorte que, aussitôt rhabillé, il se glisse sous un buisson proche, ferme les yeux et s'endort sur-le-champ.

Il ne reprend conscience qu'une fois pendant la nuit ; ouvrant ses yeux encore lourds de fatigue, il aperçoit à travers le feuillage un croissant de lune, très haut dans le ciel fourmillant d'étoiles. À quelques pas de lui une grande silhouette noire domine la petite mare ; l'étalon a troublé son sommeil en venant boire ; lorsqu'il s'est longuement désaltéré, il lève sa belle tête, s'ébroue, dresse les oreilles et s'en va d'un pas tranquille.

Alec se rendort aussitôt, pour se réveiller tard le lendemain, très affamé : depuis trente-six heures, il n'a rien mangé. Se levant, il va boire et se préoccupe tout de suite de trouver de la nourriture ; après d'assez longues recherches, il finit par découvrir un buisson plein de mûres d'une espèce différente de celles qu'il a connues jusqu'alors. Mais elles ont bon goût et il en fait son repas. Peut-être l'île ne lui fournirait-elle aucun autre aliment ?

Il entreprend alors de la visiter méthodiquement ; elle est plate, sauf dans la zone des falaises rocheuses, qu'il se garde d'escalader, de peur d'accroître inutilement sa fatigue. Il repère d'autres buissons couverts de mûres et quelques maigres prairies : l'étalon et lui ne seraient certes pas gâtés, sur cette terre inhospitalière et totalement inhabitée. Il n'y voit en effet ni oiseau ni animal d'aucune sorte.

Il s'en retourne donc à pas lents vers la mare, en passant par les crêtes des dunes pour observer la mer, dans l'espoir d'y apercevoir un navire. Mais rien ne bouge sur l'immense étendue bleue. À ses pieds le Géant Noir galope sur la plage. À sa vue, il oublie un instant l'angoissant problème de sa survie ; c'est en effet un spectacle de toute beauté que le galop rapide et gracieux du grand pur-sang, dont la crinière et la queue s'agitent dans le vent. Quand le cheval a disparu derrière une dune, Alec descend sur la plage.

Son premier souci est alors de se bâtir un abri ; pour cela, il lui faut du bois ; il en trouve ici et là quelques morceaux épars, presque tous rejetés par la mer sur le rivage. Continuant ce travail, il rapporte ses trouvailles près de la mare, et, au bout de quelques heures, il est surpris de la quantité de bois qu'il a ainsi amassée. Il choisit dans la pile un morceau particulièrement lourd et solide, qu'il réussit à hisser dans les fourches de deux arbres voisins l'un de l'autre. Or, tandis qu'il travaille à cette installation, il tombe en arrêt devant une inscription qui figure sur la grosse planche : *Drake*. C'est une épave provenant d'une des chaloupes. Alec est si bouleversé de sa découverte qu'il reste longtemps immobile, regardant l'inscription.

Se ressaisissant enfin, il met soigneusement l'épave en place, puis dispose les autres morceaux de chaque côté, en les appuyant sur le madrier, de manière à former une sorte de tente ; de même, il bouche tant bien que mal les orifices et, pour consolider l'ensemble, il lie les morceaux de bois les uns aux autres, en utilisant de longues bandes d'écorce qu'il peut arracher aux arbres avec son couteau. Enfin, il rapporte de la plage du varech, dont il recouvre sa construction, prenant soin d'obturer tous les trous pour la rendre aussi étanche que possible. Tel qu'il est, cet abri peut convenir par beau temps ; mais qu'adviendrait-il, lorsque le vent se remettrait à souffler en tempête ?

Quand son œuvre est achevée, il estime, en voyant le soleil très haut dans le ciel, qu'il doit être à peu près midi. La chaleur accablante l'a mis en nage et la faim le tenaille. Il décide de tenter une expérience. Choisissant avec soin une branche d'arbre bien droite, longue, et tout à la fois solide et mince, il en ôte l'écorce et attache son couteau à l'une des extrémités, au moyen d'une lanière d'écorce.

Puis il se rend à une petite anse du rivage qu'il a remarquée le matin. L'eau en est limpide et le fond sablonneux. Il s'accroupit tout près du bord et observe attentivement ; il a lu dans plusieurs livres que certains pêcheurs adroits arrivent à prendre des poissons en les harponnant. Après une longue attente, il en aperçoit un qui, nageant entre deux eaux, vient vers lui. Il lève lentement son harpon improvisé, puis le lance de toutes ses forces. L'arme file très vite et disparaît dans l'eau, pour s'enfoncer dans le sable : il a manqué le but.

Il retire la longue tige et va plus loin, dans une autre petite crique. Là, de nouveau, il se met à l'affût et attend longtemps avant d'apercevoir un poisson. Celui-ci lui paraît plus long que le précédent. Il le laisse approcher jusqu'au bord même du rivage ; puis, visant avec grand soin, il lance son harpon presque à la verticale. Cette fois, il voit nettement la lame atteindre son but. Craignant de faire sortir le couteau s'il tire sur la tige, il saute dans l'eau peu profonde et enfonce le bâton dans le fond de sable, pensant clouer ainsi sa prise au sol. Mais l'eau est maintenant si trouble qu'il n'y distingue plus rien. Aussi cherche-t-il à tâtons, en glissant sa main le long de la tige, jusqu'au couteau. Hélas, malgré son ardent espoir, ses doigts n'atteignent que la lame métallique ! Le poisson a pu s'échapper…

Tout l'après-midi, Alec tente vainement de réussir une capture. Au crépuscule, il se relève, rompu de fatigue, et reprend lentement le chemin de son abri. Les heures passées à fouiller des yeux la mer l'ont épuisé, et il est affamé. Il s'arrête au bosquet de mûres et en mange une quantité. Quand il atteint la mare, il y trouve le Géant Noir, broutant non loin de là. L'étalon lève la tête à son approche, le regarde un instant, puis se remet à manger. Il va de place en place, arrachant ici et là de rares pousses.

« Je parie qu'il a aussi faim que moi ! » se dit Alec, en se mettant à plat ventre pour boire avidement.

La nuit ne tarde guère à tomber. Subitement, Alec est frappé par le silence extraordinaire de cette île, qui ne possède ni oiseaux ni animaux, et où nul bruit ne se fait entendre. Il semble vraiment que l'étalon et lui soient les seuls êtres vivants au monde. Des milliers d'étoiles luisent au-dessus de sa tête et paraissent étrangement proches. La lune monte à son tour dans le firmament et se reflète dans la mare.

Le Géant Noir lève, lui aussi, la tête, comme s'il contemplait également la lune. Alec siffle d'abord assez bas, puis plus fort, et enfin en diminuant d'intensité. Après un long silence, le hennissement aigu du cheval déchire la nuit. Alec voit son compagnon le regarder un instant, puis se remettre à chercher de l'herbe. Le garçon sourit et rampe dans son abri ; peu après, il s'endort, vaincu par la fatigue.

Le lendemain, dès l'aube, il retourne à la petite anse où il a failli attraper un poisson ; cette fois, il est décidé à réussir. Mais à midi il doit encore se contenter de quelques mûres pour tout repas. Dans l'après-midi, il ressent un malaise, une sorte de vertige, et il a toutes les peines du monde à s'empêcher de fermer les yeux.

Tout à coup, un léger tourbillon apparaît à la surface, et Alec aperçoit une ombre grise qui glisse lentement à ses pieds. Il lève son harpon et met ce qui lui reste de forces à le lancer. La tige vibre comme une flèche avant d'entrer dans l'eau. Touché ! Il bondit dans la mer et enfonce son arme dans le sable ; puis, en toute hâte, sa main fouille le fond. Victoire ! Le poisson est bien là, cloué au sol et se débattant âprement. Il s'en empare et, le sortant de l'eau ainsi que le harpon, il jette le tout sur la plage, à bonne distance. Puis, il gravit péniblement la pente abrupte du rivage et examine sa prise.

— Bah ! fait-il. C'est toujours ça !

Il retire le couteau, ramasse le poisson et rentre à son camp. Là, il le lave dans la mare, puis il l'étend sur une planche et l'écaille. Maintenant il lui reste à réussir l'opération sans doute la plus délicate : faire du feu. Il se souvient d'avoir observé aux Indes un natif qui ne se servait pas d'allumettes pour mettre le feu à un tas de bois, et il décide de l'imiter.

Il rassemble de petits morceaux d'écorce et de branches mortes, ainsi que de l'herbe sèche ; puis, choisissant le bout de bois le plus sec, il le creuse avec son couteau, sans cependant le percer. Dans la cavité ainsi formée, il place de minuscules brins d'herbe brûlée par le soleil ;

enfin, il coupe un autre bout de bois très sec et résistant, qu'il taille de manière que son extrémité pénètre exactement dans la cavité. Il ne lui reste plus alors qu'à faire tourner ce bâton, en appuyant, comme sur une vrille, jusqu'à ce que le frottement des deux morceaux de bois provoque assez de chaleur pour enflammer les brins d'herbe.

Alec ne saurait dire combien de temps il passe à travailler ainsi : mais en fin de compte ses patients efforts sont couronnés de succès. Une mince colonne de fumée commence à sortir de la cavité, puis une petite flamme jaillit, et comme le bois est extrêmement sec, le tas s'enflamme rapidement.

Tout heureux, Alec enveloppe le poisson dans du varech qu'il a pris soin de laver et le pose sur le brasier. Quelque temps après, lorsqu'il le retire du feu, il le goûte et le trouve bon ; aussi se jette-t-il dessus comme une pauvre bête affamée ; il n'en laisse que les arêtes.

Des jours passent et le malheureux garçon fait des efforts désespérés pour trouver de quoi subsister ; il ne réussit à prendre qu'un seul autre poisson et comprend qu'il ne peut compter sur la mer pour le nourrir. D'autre part, la quantité de mûres diminue rapidement. L'abondance de combustible sec lui permet de maintenir son feu en permanence, mais sans grande utilité, puisqu'il n'a rien à cuire.

Un jour qu'il se promène sur la plage, il aperçoit à quelque distance une grosse coquille rouge qui lui semble être une tortue. Serrant bien fort son harpon dans sa main, il se précipite sur l'animal et enfonce son couteau dans l'orifice qu'il croit être celui de la tête. Puis il retourne la grosse coquille ; hélas, elle est vide ! La mer l'a rejetée là, après que les crabes l'ont dévorée. Hébété, il reste un long moment incapable de bouger, découragé par ce nouvel échec, puis retourne à la mare.

Il y trouve l'étalon qui se désaltère. Son corps imposant commence à porter les marques des privations, de la famine. Alec n'a plus peur de lui et l'animal semble habitué à sa présence. Ils se regardent tranquillement l'un l'autre, puis le Géant Noir, dressant sa fière tête, pousse un vigoureux hennissement et s'en va un peu plus loin.

Alec, l'observant à distance, envie cette prodigieuse et sauvage énergie. Sans doute ce cheval est-il habitué depuis longtemps aux dures privations du désert, et, de ce fait, il lui survivrait probablement. Inconsciemment, une pensée vient à l'esprit du garçon affamé :

« Mais voyons, Alec, de la nourriture, en voilà ! Tâche donc de trouver un moyen de le tuer ! »

Mais, aussitôt, il se ressaisit et se maudit d'avoir pu accueillir, ne serait-ce qu'un instant, une telle idée. Tuer l'animal qui lui a sauvé la vie ? Jamais ! Si même il en avait le moyen, il préférerait encore se laisser mourir de faim plutôt que causer le moindre mal au Géant Noir. Celui-ci vient de grimper sur la dune ; immobile comme une merveilleuse statue de bronze antique, il regarde la mer. Le garçon ne se lasse pas de le contempler.

Un matin, Alec décide d'aller, malgré son extrême fatigue, jusqu'à l'autre rivage de l'île. Parvenu au pied des falaises, il en escalade une. Ce ne sont que des roches dénudées encore plus arides que tout le reste. La marée est basse et découvre sur une grande étendue un amas de rochers ; sur la plupart d'entre eux, immergés à marée haute, Alec remarque une substance semblable à de la mousse. Et voici qu'il se rappelle qu'un jour son professeur d'histoire naturelle avait emmené la classe faire des expériences au bord de la mer. Il leur avait fait manger de cette mousse. Comment l'appelait-il donc ? De la carragheen. Oui, c'était bien cela, une sorte d'algue qui abonde sur les côtes rocheuses de l'Atlantique, en Europe et aux États-Unis : si on la lave et si on la sèche, elle est comestible. Alec sent un immense espoir l'envahir.

Avec précaution, il entreprend de descendre au pied de la falaise puis, ayant atteint les rochers découverts à marée basse, il arrache en tremblant une poignée de la mousse verdâtre, à reflets jaunes. Il la porte à ses lèvres ; elle sent la carragheen. Il la goûte : naturellement elle est terriblement salée, mais, sans erreur possible, il s'agit bien de la même substance que le professeur lui avait donné à manger.

Fébrilement, il en emplit ses poches, puis, enlevant sa chemise, il s'en sert comme d'un sac pour emporter le plus possible de la précieuse denrée. Après quoi, plein d'une ardeur nouvelle, il gravit la falaise et se hâte de rentrer à son camp. Il y procède aussitôt à un abondant lavage de son chargement qu'il met ensuite à sécher au soleil. En moins d'une heure, la mousse est assez sèche pour qu'il la goûte. Il crie de joie : elle est mangeable ! C'est enfin une nourriture abondante assurée.

Quand il a fini d'en absorber une certaine quantité, le soleil s'apprête à disparaître à l'horizon. À ce moment le Géant Noir se dirige d'un pas tranquille vers la mare. Alec garde pour lui un peu de mousse et laisse le reste au bord de l'eau. L'étalon va-t-il le manger ? Alec se blottit dans sa hutte et observe intensément ce que va faire son compagnon.

Le Géant Noir plonge goulûment sa bouche dans l'eau et boit beaucoup. Quand il a fini, il lève la tête vers Alec et ses naseaux frémissent. Puis il voit le tas de mousse par terre et, baissant la tête, il le renifle, avant d'en prendre une bouchée qu'il se met à manger. Il mâche longtemps, puis en reprend davantage. Une demi-heure plus tard, il n'en reste plus trace sur le sol.

Cette nuit-là, Alec dort mieux, pour la première fois depuis son arrivée dans l'île. Car désormais il est sûr non seulement de ne pas mourir de faim, mais encore de pouvoir nourrir le Géant Noir !

4

LA PLUS SAUVAGE DE TOUTES LES CRÉATURES

Le lendemain, Alec se met en devoir d'amasser une grande provision de carragheen. Comme il approche des falaises, il y trouve l'étalon qui se tient immobile devant un énorme rocher ; pas un muscle de son corps ne bouge et, à distance, sa superbe silhouette se détache sur le fond clair de la pierre, évoquant ainsi un tableau de maître.

Alec s'approche des rochers, cherchant le passage le plus pratique pour descendre au pied de la falaise. Soudain il entend l'étalon pousser un cri plus perçant, plus terrifiant que jamais. Se retournant aussitôt, il voit l'animal debout sur ses postérieurs ; ses lèvres retroussées laissent voir ses formidables mâchoires entrouvertes et ses yeux lancent des éclairs. D'un bond prodigieux, il s'élance vers Alec, arrive en quelques foulées à sa hauteur, et s'arrête net devant lui, pour se cabrer immédiatement.

Alec, très effrayé et n'y comprenant rien, fait un saut de côté, mais, trébuchant sur une pierre, il perd l'équilibre et roule à terre. Les antérieurs de l'étalon s'agitent un instant au-dessus de la tête du garçon, puis s'abattent lourdement sur le sol, à trois mètres de lui. Quatre ou cinq fois de suite le cheval recommence cet étrange manège, pointant puis se laissant retomber avec une telle violence que la terre en tremble ; il a de l'écume aux coins de la bouche, et son regard furieux reste obstinément fixé vers le sol. Petit à petit ce martèlement diminue d'intensité, puis il cesse. Le Géant Noir dresse bien haut sa tête et hennit de tout autre façon, presque gaiement. Il s'ébroue, ses naseaux frémissent encore un peu, puis il s'éloigne lentement, au pas.

Très déconcerté, Alec se relève et s'approche prudemment de l'endroit que son compagnon vient de piétiner avec tant de frénésie. Il a alors l'explication de l'incident, en découvrant dans le sable les morceaux écrasés d'un long serpent jaunâtre et tacheté de noir, dont la tête a la forme d'un diamant. Cette découverte le stupéfie, tout d'abord par le fait qu'elle lui révèle la présence dans l'île d'un être vivant autre que l'étalon et lui-même. Puis une sueur froide lui vient au front, à la pensée de ce qu'aurait pu être une morsure de serpent, des souffrances, de la mort peut-être, qu'elle aurait provoquées. Ébloui, il suit des yeux le Géant Noir qui s'éloigne. A-t-il tué le serpent pour sauver la vie de son jeune ami ? Commence-t-il à comprendre que, pour subsister sur cette terre désolée, ils ont besoin l'un de l'autre ?

Le garçon s'avance d'un pas tranquille vers le pur-sang ; celui-ci ne cherche pas à s'enfuir, mais roule des yeux effrayés ; bien d'aplomb sur ses membres, il frémit à l'approche d'Alec, et les muscles de ses épaules saillent sous sa robe lustrée. Alec désire lui faire comprendre qu'il ne lui veut aucun mal. Prudemment, il tend la main vers la tête de l'animal, qui la redresse autant qu'il le peut, sans toutefois faire un pas en arrière. Alec continue d'approcher et caresse légèrement l'épaule ; l'étalon ne bronche pas. S'enhardissant, il essaie de toucher l'indomptable tête : cette fois le Géant Noir pointe et tout son corps tressaille.

— Là ! Là ! Doucement, mon vieux ! Je ne te ferai pas de mal, tu sais !

Le cheval se cabre encore, puis s'éloigne au petit galop. Cent mètres plus loin, il s'arrête, se retourne et, très calme, la tête haute, il regarde le garçon. Alec ne cherche pas à s'en approcher de nouveau, mais il lui parle d'une voix forte et décidée :

— T'en fais pas, Black ! C'est comme ça que tu t'appelles, maintenant ! On s'en sortira, tous les deux, tu verras ! Mais il faut qu'on travaille ensemble !

Laissant son compagnon chercher quelques brins d'herbe, il descend parmi les rochers jusqu'au pied de la falaise. Il ne progresse qu'avec une extrême prudence, car s'il y avait un serpent dans l'île, peut-être n'était-il pas le seul représentant de cette maudite espèce. Comme la veille, Alec ôte sa chemise et la remplit des précieuses algues, puis il prend le chemin du retour. En escaladant la falaise, il aperçoit Black qui, s'étant avancé jusqu'au bord des rochers, semble une statue dressée face à l'océan. Lorsque Alec a achevé son ascension, l'étalon quitte son poste d'observation et revient vers la mare, suivant le garçon à quelques mètres.

À mesure que les jours s'écoulent, l'amitié réciproque d'Alec et de Black ne fait que croître. L'étalon, répondant aux appels ou aux sifflets, vient sans crainte retrouver son compagnon, et bientôt il se laisse caresser, ne manifestant qu'un peu de surprise et de nervosité.

Un soir, Alec se tient assis près du feu ; la nuit est tombée et, à la lueur des flammes, il peut voir Black manger tranquillement la carragheen, au bord de la mare. Il se demande si le cheval commence à se lasser autant que lui de cette nourriture. Il a constaté qu'en faisant bouillir les algues dans la carapace de la tortue, soigneusement conservée, il obtient une substance gélatineuse dont le goût est un peu meilleur que celui de la mousse crue. Quand par hasard il lui arrive de capturer un poisson, c'est pour lui un rare festin.

Les flammes dansantes projettent sur la robe de l'étalon d'étranges effets d'ombre et de lumière ; on aurait dit qu'elles suscitaient des fantômes s'agitant dans la pénombre. Tandis qu'il s'amuse à les observer, Alec ne cesse de songer à un projet qu'il a formé dans l'après-midi. Le mettrait-il à exécution dès le lendemain ? Oserait-il essayer de monter Black ? Ne vaudrait-il pas mieux attendre encore quelques jours ? Mais non, voyons !... Allons, va pour demain !... Attends un peu !... Non, vas-y !...

Le feu faiblit, pour ne devenir qu'un tas de braises ; mais Alec reste encore longtemps à réfléchir, les yeux fixés sur le grand pur-sang, plus noir que la nuit même, qui broute paisiblement au bord de l'eau...

Il dort lourdement et s'éveille tard, frais et dispos ; le soleil est déjà haut dans le ciel. Après avoir rapidement déjeuné d'un peu de carragheen, il part à la recherche de Black qui a disparu. Il l'appelle, siffle, mais n'obtient aucune réponse. Sous le brûlant soleil il se dirige vers les dunes et bientôt est en nage. Si seulement il pleuvait ! La dernière semaine s'est passée dans une atmosphère de fournaise.

Parvenu au sommet de la côte, il aperçoit l'étalon à l'autre bout de la plage s'étendant à ses pieds. Il le siffle et aussitôt Black, tournant la tête vers lui, répond par un hennissement joyeux. Alec, résolument, descend de la dune. Le cheval, le voyant venir, ne bouge pas et le laisse approcher. Alec pose une main sur son encolure.

— Là !… Doucement, Black ! murmure-t-il, sentant frémir sous sa paume la chair chaude de l'étalon.

Mais celui-ci ne manifeste ni crainte ni colère et garde les yeux tournés vers la mer. Alec reste longtemps appuyé contre son encolure ; puis il va jusqu'à la dune qui forme une sorte de digue peu élevée. Le cheval le suit et s'approche de la banquette de sable qu'Alec entend utiliser comme marchepied. Debout sur le talus, le garçon passe sa main gauche dans l'épaisse crinière. Black, dressant ses oreilles, tourne la tête vers son compagnon ; un éclair sauvage passe dans ses yeux et ses muscles tressaillent. Alec hésite un instant, puis, prenant sa décision, il pose sa main droite sur le garrot et bondit sur le dos de Black. L'espace d'une seconde, l'étalon ne bronche pas ; puis il s'ébroue, baisse la tête entre ses antérieurs, et lance de toutes ses forces ses postérieurs en l'air. Alec sent la formidable détente musculaire et se trouve irrésistiblement projeté fort loin, en avant de sa monture. Il tombe à plat sur le dos dans le sable, un voile passe devant ses yeux et il perd connaissance.

Quand il revient à lui, il sent contre sa joue quelque chose de chaud ; ouvrant lentement les yeux, il constate que Black le pousse sans brutalité avec son nez. Avec précaution, il essaie de remuer, l'un après l'autre, chacun de ses membres ; aucun n'est brisé mais tous lui font mal. Il se relève péniblement. L'étalon demeure tout près de lui, comme si rien ne s'était passé ; il n'a l'air ni fâché ni craintif.

Alec attend un peu, pour se remettre ; puis, ayant repris des forces, il retourne à la dune, en marchant cette fois à côté du cheval, dont il tient la crinière. S'étant de nouveau placé sur la banquette, il ne saute pas sur le dos de Black, mais se contente d'appuyer son buste contre le flanc de l'animal, tout en lui parlant doucement. L'étalon, agitant nerveusement les oreilles, les dresse et les couche tour à tour ; tournant légèrement la tête vers Alec, il semble l'interroger des yeux.

— Tu vois bien, mon vieux ! Je ne veux pas te faire de mal !... Doucement !... Là !... Doucement !..., murmure le garçon tout en flattant l'encolure et l'épaule, et laissant progressivement son corps peser sur le dos de Black.

Après quelques minutes de ces essais, Alec se risque à passer sa jambe droite par-dessus la croupe ; or à peine a-t-il enfourché l'étalon que celui-ci lui oppose la même défense que précédemment et, d'une ruade magistrale, l'envoie rouler à plusieurs mètres.

Alec attend longtemps avant de se relever ; mais, quand il se sent reposé, il siffle Black qui s'est un peu éloigné. Le pur-sang ne fait aucune difficulté pour revenir près de lui et se laisse pour la troisième fois conduire près de la banquette de sable.

De nouveau, Alec appuie progressivement son buste contre le flanc, puis sur le dos du cheval, en lui parlant tout bas et en passant ses deux bras autour de l'encolure. Petit à petit, il sent que Black se calme et le laisse faire. Finalement, il se hisse sur le dos de l'animal, sans cesser d'enlacer l'encolure. La défense de l'étalon n'est plus la même, et au lieu de ruer il se cabre ; mais Alec, solidement cramponné à son cou, tient bon. Alors, tout d'un coup, tel un bolide, Black se lance à plein galop sur la plage ; ses foulées, longues et régulières, sont cependant si rapprochées qu'il semble voler sans toucher terre.

Alec se cramponne du mieux qu'il peut à la crinière, cherchant surtout à ne pas gêner sa monture et à conserver son équilibre. C'est un galop si rapide que le vent l'empêche de voir et lui coupe le souffle. Or voici que Black, changeant brusquement de direction, quitte la plage, grimpe sur la dune et dévale à toute allure de l'autre côté ; il passe comme le vent près de la mare et fonce vers les falaises ; puis, évitant les rochers, il entreprend de faire le tour de l'île. À un moment donné, il saute, comme en se jouant, un large fossé ; Alec, qui n'a aperçu l'obstacle qu'à la dernière seconde, est un peu déplacé par ce bond prodigieux, mais Black l'effectue avec une telle aisance que ce saut s'accomplit sans à-coup sensible.

Tout heureux d'avoir tenu bon, Alec reprend ses esprits : penché en avant, la tête contre l'encolure de Black, il recommence à lui parler à l'oreille :

— Là !… Là !… C'est parfait, mon grand !… Mais du calme, maintenant !… Doucement !… Doucement !…

La course folle continue encore jusqu'à la dune qu'ils franchissent de nouveau ; mais, quand il se retrouve sur la plage, Black commence à ralentir et Alec se laisse aller à s'asseoir beaucoup plus, comme il l'aurait fait sur une selle. Ils parcourent encore, à un galop de moins en moins rapide, deux ou trois cents mètres, pendant lesquels Alec continue à calmer sa monture, tant par la parole qu'en lui caressant l'encolure ; finalement, Black passe au pas, puis s'arrête.

Alec ne met pas tout de suite pied à terre ; il appuie son buste contre l'encolure qu'il continue d'enlacer de ses deux bras ; il enfouit son visage dans l'épaisse crinière et, reprenant progressivement son souffle, il savoure l'intense plaisir de cette première et merveilleuse performance. Puis, très doucement, il se laisse glisser à terre. Il n'a pas même la force de rester debout et s'effondre, épuisé, aux pieds de Black. Certes, il n'était guère en état d'accomplir une course de ce genre. Jamais il n'aurait imaginé qu'un cheval puisse galoper à une telle allure.

En revanche, l'étalon ne paraît nullement affecté par son effort. Tenant bien haut sa tête, il demeure près de son cavalier, le regardant d'un air fier et tranquille. Il respire profondément, et sa belle robe soyeuse est à peine mouillée de sueur.

Si fatigué qu'il soit, Alec met longtemps à s'endormir, ce soir-là, tant sa joie est débordante. Son cœur bat à grands coups et ses douloureuses courbatures le laissent indifférent. Il a réussi à monter Black ! Il a dompté, conquis, par sa seule douceur, cet animal sauvage et redoutable ! Désormais, cet extraordinaire étalon noir lui appartient, à lui seul. Mais à quoi bon ? Seraient-ils jamais sauvés, l'un et l'autre ? Reverrait-il jamais son foyer, sa famille, son pays ? Allons !... Il ne faut pas penser à cela. Il se promet de ne jamais plus se poser cette question.

Le lendemain, il monte Black pour la seconde fois. L'étalon pointe légèrement, mais ne se défend pas. Alec lui parle beaucoup et réussit à le faire rester sur place. Puis il serre un peu les jambes et Black se met à avancer d'un pas allongé et régulier. Ils parcourent ainsi toute la plage ; puis Alec entreprend de le faire tourner en penchant le haut du corps du côté où il veut aller et en appuyant doucement sur la tête de Black. Petit à petit, le cheval comprend et exécute le mouvement.

Saisissant plus fermement la crinière, Alec décide de faire prendre le trot à sa monture ; à cet effet, il accentue la pression de ses jambes contre les flancs de Black qui, sans nervosité, se met aussitôt à trotter. Mais, si cette allure semble fort bien convenir au pur-sang, son cavalier doit admettre que, sans selle ni étriers, elle manque de charme. Aussi s'empresse-t-il de remettre Black au pas, rien qu'en lui parlant ; puis, pendant des heures, il s'applique uniquement à le faire changer d'allure et de direction, en un mot à lui faire comprendre tout ce qu'il désire de lui.

Le soleil décline à l'horizon quand ce long et premier dressage s'achève ; ils se trouvent alors au bout de la plage. Soudain l'étalon prend le galop si brusquement qu'Alec manque d'être désarçonné. Se raccrochant de justesse à la crinière, il se penche en avant, collant son buste contre l'encolure de Black qui, sans effort apparent, file comme le vent. L'air lui coupe le souffle et le fait pleurer. Fatigué par cette journée, il a peur de voir se renouveler la folle course de la veille et tente de faire ralentir sa monture.

— Ho ! Là... Ho ! Là..., crie-t-il, mais en vain.

La plage a environ deux kilomètres de long, et pendant les trois quarts du parcours il ne peut être question de calmer le pur-sang. Alors, Alec, jouant le tout pour le tout, cesse de se pencher en avant et s'assoit au contraire, légèrement penché en arrière, tout en tirant de toutes ses forces sur la crinière, comme s'il s'agissait de rênes. Presque tout de suite, Black ralentit, puis passe au trot et enfin au pas. Alec, transporté de joie, l'enlace comme la veille et caresse passionnément l'encolure et la tête de l'animal ; il n'a ensuite aucune peine à lui faire regagner tranquillement la mare, où ils se désaltèrent ensemble.

Au cours des jours suivants, l'emprise d'Alec sur son cheval ne fait que croître, et bientôt il est capable d'obtenir de lui à peu près tout ce qu'il désire. À la seule vue du garçon, l'instinct sauvage et brutal de l'étalon cesse de se manifester. Plusieurs fois par jour, Alec le monte, soit pour se promener au pas dans l'île, soit pour galoper à toute allure sur la plage ; et c'est pour lui un émerveillement sans cesse renouvelé que de voir l'aisance avec laquelle sa monture dévore l'espace. En même temps, et sans qu'il s'en rende compte, ces séances d'équitation sans selle ni bride le perfectionnent à tel point qu'il en arrive à faire véritablement corps avec son cheval.

Un soir, Alec se tient près de son feu de camp dont les flammes vacillent au crépuscule ; assis à la turque, les jambes croisées, les coudes reposant sur ses genoux et la tête dans ses mains, il réfléchit profondément. Le *Drake* a quitté Bombay le 15 août, et le naufrage a eu lieu le 2 septembre. Dix-neuf jours se sont écoulés depuis lors ; il les a soigneusement comptés. En ce 21 septembre, nul doute que sa famille doit le considérer comme perdu en mer. Il serre les poings. Il faut trouver un moyen d'en sortir ! Cette île ne doit pas être inconnue ni très éloignée des côtes de France ou d'Espagne ! Il doit y avoir des bateaux qui passent dans ces parages, et pourtant, malgré des heures de faction quotidienne sur la dune, il n'a jamais aperçu le moindre navire.

Pour la première fois, il pense à l'hiver qui approche. Depuis son arrivée dans l'île il a eu tellement chaud que l'idée du froid ne lui est pas encore venue à l'esprit. Son abri le protégerait-il assez, quand viendrait le mauvais temps ? Il l'a renforcé à mesure qu'il trouvait du bois utilisable, mais cela suffirait-il ? Vêtu de haillons, comment résisterait-il au froid, si celui-ci devenait intense ? Déjà, les nuits commencent à fraîchir.

Il se lève et va jusqu'à la dune. Black, qui broute près de la mare, le suit. Tous deux restent une heure à regarder la nuit s'étendre sur la mer houleuse dont les rouleaux viennent inlassablement s'écraser sur la grève. Une brise aigre se lève, les incitant à retourner à l'abri de la futaie. Alec empile du bois sur le feu, pour qu'il dure toute la nuit, puis, fatigué par plusieurs ramassages de carragheen, il va s'étendre sous son refuge et s'endort aussitôt.

Un hennissement aigu le réveille en sursaut au milieu de la nuit, et il est surpris de trouver l'air particulièrement chaud. Il tarde à ouvrir ses yeux lourds de sommeil quand un craquement inusité au-dessus de lui l'incite à lever la tête. Il se lève d'un bond : le toit de son abri est en feu et les flammes gagnent les parois.

Dès qu'il en est sorti, il comprend la cause du désastre. Une forte bourrasque balaye l'île ; elle a attisé son feu et entraîné des flammèches jusqu'à sa hutte, l'embrasant aisément, à cause de l'extrême sécheresse du bois. N'ayant pour tout récipient que la coquille de tortue, il court la remplir d'eau et tente d'enrayer l'incendie en répétant un grand nombre de fois cette manœuvre. Mais le feu a pris depuis longtemps déjà ; et ces faibles aspersions d'eau ne peuvent ni l'éteindre ni même le limiter. Bientôt l'abri n'est qu'une énorme torche, dont les flammes embrasent à leur tour les deux arbres entre lesquels Alec l'a construit.

Tandis que le garçon s'affaire en vain, l'étalon, demeuré près de la mare, piaffe nerveusement ; de toute évidence il est effrayé, et les torrents de fumée lui déplaisent. Au reste, la chaleur de l'incendie et l'atmosphère, rendue irrespirable par la fumée, contraignent les deux compagnons à s'éloigner. Il n'y a, hélas ! rien à faire qu'à attendre que tout soit consumé ; le feu ne s'étendrait pas, faute de trouver assez d'aliment. Mais la disparition de son abri porte à Alec un coup très dur, car l'île ne peut plus lui fournir assez de bois pour construire une autre hutte.

Tout le restant de la nuit, il regarde tristement se consumer sa précaire cabane, puis le vent se calme, en même temps que les premières lueurs de l'aube blanchissent l'horizon. Si déçu qu'il soit de la perte qu'il subit, il ne se laisse pourtant pas aller au découragement et se promet de reconstruire un abri, au besoin par d'autres moyens. S'il n'y parvient pas, il partagera le sort de Black, qui se contente de coucher à la belle étoile.

Il se dirige donc vers la plage, espérant y trouver les épaves rejetées par la houle. Black, qui l'accompagne, atteint avant lui le sommet de la dune. Or à peine y est-il arrivé qu'il se cabre, hennit fortement et fait un brusque demi-tour, en revenant vers Alec. Celui-ci, pressant le pas, parvient à son tour en haut de la côte, et quelle n'est pas sa stupéfaction en découvrant, ancré à quelques centaines de mètres du rivage, un navire !

Il entend des voix sur sa gauche ; c'est un groupe de matelots qui hissent une embarcation sur le sable. Incapable d'articuler un son, tellement il est bouleversé, Alec s'élance vers eux.

— Tu avais raison, Pat ! dit l'un des marins, dans un dialecte typiquement irlandais. Il y a sûrement quelqu'un sur cet îlot !

— Dame ! répond l'autre. D'habitude, le feu ne prend pas tout seul, et ça fait un moment que je le voyais, celui-là !

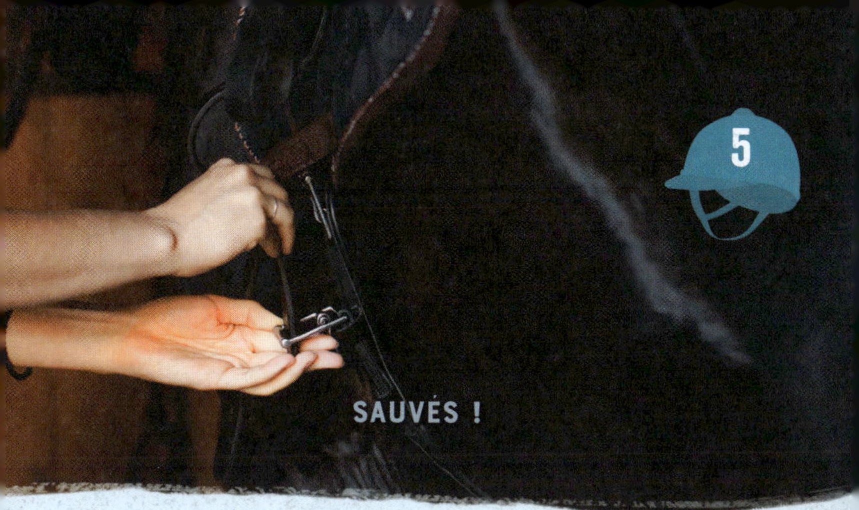

5

SAUVÉS !

Alec, bouleversé, ne peut retenir ses larmes ; elles brouillent son regard, tandis qu'il court vers la chaloupe. Il trébuche, tombe, se relève et reprend sa course. Un instant plus tard, les matelots le reçoivent dans leurs bras.

— *Gosh !* s'écrie l'un d'eux. C'est un gosse !

Alec, essoufflé et trop ému, balbutie quelques mots inintelligibles, si bien que les cinq hommes, ahuris, se regardent en hochant la tête. Mais bientôt le garçon retrouve sa voix et se met à crier, de toutes ses forces :

— Sauvés ! On est sauvés, Black !… Black ! On est sauvés !…

De plus en plus déconcertés, les marins l'observent en silence. En vérité, il offre un aspect peu banal avec ses longs cheveux en broussaille et ses guenilles. Son corps est si bronzé que, sans sa chevelure rousse, on aurait pu le prendre pour un insulaire. L'un des hommes, que son uniforme désigne comme le commandant du navire, passe son bras autour des épaules d'Alec et lui dit, paternellement :

— Ne t'en fais pas, petit ! Tout va s'arranger !

Alec, semblant sortir d'un rêve, se ressaisit et, regardant l'officier, répond :

— Merci, commandant !… Ça va maintenant.

Les cinq hommes, l'entourant, se penchent vers lui, et le commandant lui demande :

— Il y a quelqu'un d'autre que toi dans l'île ?

— Rien que Black, commandant ! répond-il.

Les marins, n'y comprenant rien, se concertent des yeux et leur chef reprend :

— Qui est donc Black, petit ?

— C'est un cheval ! dit Alec.

Il se met à raconter son aventure, la tempête, le naufrage, les heures passées dans la mer démontée, cramponné à la longe de l'étalon qui l'avait sauvé, la lutte contre la faim dans l'île, la conquête et le premier dressage de Black, enfin l'incendie qui, cette nuit même, a réduit en cendres sa cabane. À mesure qu'il évoque ainsi les épreuves de ces terribles semaines, la sueur perle au front d'Alec.

Lorsqu'il achève son récit, il y a un moment de silence, puis un des hommes déclare :

— Ce gosse a pris un coup de soleil, commandant ! Il nous raconte des histoires. Ce qu'il lui faut, c'est un repas chaud et un bon lit !

Alec les regarde les uns après les autres et voit qu'ils ne le croient pas. Une violente colère lui empourpre le visage. Pourquoi ces gens se montrent-ils tellement stupides ? Son histoire est-elle donc si fantastique ? Il va leur prouver qu'elle est vraie, et vite ! Il n'a qu'à appeler Black. Il met deux doigts dans sa bouche et siffle. Puis il leur dit :

— Et maintenant, écoutez !... Écoutez bien !

Immobiles, les cinq hommes gardent le silence. Plusieurs minutes s'écoulent, sans que l'on entende autre chose que le ressac.

— Allons ! dit alors le commandant. Il faut nous en aller, petit ! Nous nous sommes écartés de notre route pour venir te chercher et nous avons pris du retard, tu sais !

Hébété, Alec se tourne vers le cargo dont les deux cheminées crachent une épaisse fumée. C'est un bâtiment plus important que le *Drake*.

Comme il réfléchit, le commandant reprend :

— Nous allons en Amérique du Sud, sans escale jusqu'à Rio de Janeiro. Nous pouvons t'y emmener et nous câblerons à tes parents que tu es vivant.

Ce disant, il le prend par un bras ; trois matelots ont déjà regagné la chaloupe qu'ils s'apprêtent à remettre à la mer. Pat, le dernier marin, lui saisit l'autre bras et veut l'entraîner vers l'embarcation. Éperdu, Alec cherche quel est son devoir. Il va quitter l'île, quitter l'étalon qui lui a sauvé la vie !... C'est impensable ! D'un brusque mouvement, il se dégage et prend sa course en direction de la mare.

Bouche bée, les matelots le suivent des yeux tandis qu'il gravit la dune ; quand il en a atteint le sommet, il s'arrête et siffle de nouveau. Un assez long silence suit, puis un cri perçant, inhumain, déchire l'air ; c'est un appel sauvage et terrifiant qui donne aux cinq hommes la chair de poule. Le garçon disparaît pendant quelques minutes, puis soudain un étonnant spectacle s'offre à leurs yeux. Surgissant de derrière la dune, un gigantesque cheval noir, dont l'ample crinière s'agite sous la brise, apparaît, accompagné du gosse. Tous deux marquent un temps d'arrêt et l'animal pousse un nouveau hennissement, véritable cri de bête sauvage. Il tient sa tête très haute et dresse ses oreilles ; même à cette distance, on peut se rendre compte qu'il s'agit d'une bête exceptionnelle, tant par sa taille que par son comportement.

Alec passe ses bras autour de l'encolure de Black et enfouit son visage dans l'épaisse crinière.

— On va s'en aller ensemble, Black ! lui dit-il. Moi, je ne pars pas sans toi !

Ils reprennent côte à côte leur marche vers la plage ; Alec ne cesse de parler doucement à l'étalon et de le caresser pour le calmer. Black avance d'un pas incertain, mais sans chercher à fuir. En approchant des marins, il se cabre et agite ses antérieurs. Les trois matelots s'accroupissent dans la chaloupe ; seuls Pat et le commandant ne bronchent pas, mais, à mesure que Black continue d'avancer, leurs visages trahissent une frayeur croissante. À vingt mètres d'eux, le cheval s'arrête, puis recule de deux ou trois pas sans quitter des yeux les étrangers. Alec, n'essayant pas de le retenir, se borne à le flatter et à lui parler calmement, passant tour à tour, à sa droite et à sa gauche, de l'air le plus naturel. Tourné vers l'officier, il lui dit d'une voix forte :

— Il faut que vous nous preniez tous les deux, commandant ! Je refuse de l'abandonner.

— Il est bien trop sauvage, réplique l'autre. Nous ne pouvons pas le prendre à bord. Jamais nous n'arriverions à le maîtriser !

— Vous n'aurez pas à vous en occuper. Moi, je

me chargerai de tout ce qui le concerne. Regardez donc comme il est calme maintenant !

Black, immobile comme une statue, a la tête tournée vers le cargo, comme s'il comprenait ce qui se passait. Alec, un bras passé autour de l'encolure, reprend :

— Comprenez-vous, commandant, que je ne peux pas le quitter ? C'est lui qui m'a sauvé la vie !

L'officier échange quelques mots avec ses hommes, puis il s'écrie :

— De toute façon, nous n'avons aucun moyen de le transporter à bord ! Alors, à quoi bon discuter ? Comment veux-tu l'amener là-bas ?

— Il nage admirablement, commandant.

Il y a un nouveau conciliabule entre les marins, et quand leur chef revient vers Alec, son visage ridé paraît encore plus soucieux. Il ôte sa casquette et passe la main dans ses épais cheveux gris.

— O.K. ! Tu as gagné, mon gars ! On va essayer. Mais à toi de te débrouiller pour l'amener jusqu'au bateau !

Alec sent son cœur battre à grands coups.

— Allons, Black ! Viens ! dit-il, en se dirigeant vers la chaloupe que les matelots viennent de mettre à l'eau.

L'étalon hésite, puis suit lentement son ami ; à

quelques pas du groupe, il s'arrête, ses naseaux frémissent et il pointe un peu.

— Embarquez, commandant ! dit Alec. Moi, je sauterai dans la chaloupe quand elle sera un peu plus loin. Ne ramez pas trop vite, s'il vous plaît !

Les cinq hommes prennent place dans l'embarcation, qui commence à quitter le rivage. Alec, se tournant alors vers Black, lui dit :

— C'est notre seule chance, mon vieux ! Ne me laisse pas tomber, surtout !

Il se rend compte que l'animal est nerveux ; certes, Black a appris à lui faire confiance, mais son instinct farouche l'incite à se méfier des autres hommes. Alec marche à reculons vers la chaloupe sans quitter l'étalon des yeux et sans cesser de lui parler. Black, la tête haute et roulant des yeux effrayés, le suit. Lorsque le garçon entre dans la mer, le cheval s'arrête et ne bouge plus. Parvenu à la chaloupe, Alec se hisse à l'arrière et les hommes commencent à ramer à petits coups.

À quelques mètres du rivage, Alec crie d'une voix forte :

— Allons, Black ! Viens !... Viens, Black !

L'étalon piaffe, pointe légèrement, puis se décide à pénétrer dans l'eau ; mais au bout de quelques pas, il fait un brusque demi-tour et revient sur la plage, qu'il laboure de furieux coups de sabot. La chaloupe dérivant un peu, il fait quelques foulées au galop dans la même direction que celle du courant. Mais, Alec l'ayant sifflé, il s'arrête de nouveau et regarde le canot, distant d'une trentaine de mètres. Tout à coup, il se cabre tout droit, puis, d'un bond énorme, se jette dans les flots.

— Bravo, Black ! C'est ça ! Viens ! ... Viens vite ! crie Alec sans se lasser.

L'animal a bientôt de l'eau jusqu'au poitrail, puis il perd pied et se met à nager vigoureusement. Il avance si vite qu'il ne tarde pas à rattraper la chaloupe, dont les matelots rament à pleins bras.

— Vite ! Vite ! Au bateau ! leur crie Alec.

Seule, la tête de Black émerge de l'eau, à quelques mètres d'Alec, qui, penchant son buste au-dessus des vagues, multiplie les encouragements et les appels. La puissante masse du pur-sang glisse harmonieusement dans la mer, et ses membres fonctionnent comme les pistons d'une machine.

Dès qu'ils ont atteint le cargo, le capitaine et trois matelots bondissent sur l'échelle de coupée, ne laissant que Pat avec Alec dans la chaloupe.

— Tâche de le garder là pendant deux minutes ! crie le commandant.

Black vient en nageant longer le canot, si bien qu'Alec peut lui caresser la tête, en murmurant :

— À la bonne heure ! Ça, c'est un crack !

Du haut de la passerelle, le commandant l'appelle, et levant les yeux, Alec voit descendre le câble du mât de charge, au bout duquel se trouve une sangle. Le problème consiste à passer cette sangle sous le ventre du cheval…

Black, cessant de regarder Alec, voit aussi descendre l'appareil non loin de sa tête, et, prenant peur, il s'écarte de la chaloupe malgré les appels réitérés de son ami. Cependant, Pat, qui défait fébrilement les boucles de la sangle, s'écrie :

— Il faut arriver à lui passer ça sous le ventre ! Il n'y a pas d'autre moyen !

Alec réfléchit aussi vite qu'il le peut. Il faut trouver une solution, tout de suite, et coûte que coûte ! L'étalon vient de faire demi-tour et revient vers le bateau. Si seulement il consentait à rester tout près ! …

— Donnez-moi la sangle, s'il vous plaît, et beaucoup de corde ! dit-il à Pat.

— Voilà, fait l'autre en s'exécutant. Qu'est-ce que tu veux faire ?

Mais Alec paraît n'avoir pas entendu la question. Il saisit fermement la sangle et se redit continuellement : « Il le faut, il le faut, il le faut ! … » Il enjambe le rebord du canot et se laisse glisser dans l'eau. Pat en est si abasourdi qu'il ne peut articuler un mot. Alec fait quelques brasses à la rencontre de Black, traînant le câble derrière lui ; puis il s'arrête et, restant sur place, il appelle doucement l'étalon, qui, sans hésiter, nage vers lui.

Alec prend garde de ne pas le laisser trop approcher, de peur de recevoir un coup de pied ; il tient un instant la crinière à bout de bras, cherchant le meilleur moyen de passer la sangle sous le ventre de l'animal. Pat lui crie des conseils qu'il n'écoute pas ; car, pour Alec, il n'y a qu'une méthode à appliquer, s'il veut réussir rapidement.

Tenant dans sa main gauche la sangle, il se laisse couler le long de l'encolure de Black, dont il tient la crinière dans sa main droite. Quand il est sur le point de disparaître sous l'eau, il respire profondément et plonge, nageant de toutes ses forces pour tenter de passer sous le ventre de l'étalon. Gardant les yeux ouverts, il aperçoit les sabots qui battent l'eau furieusement et réussit à se glisser dessous. Dès qu'il est certain d'être arrivé de l'autre côté, il se hâte de remonter à la surface, serrant toujours la sangle dans sa main.

Il retrouve Black, qui, à peu près à la même place, le cherche anxieusement des yeux. La manœuvre a réussi. La sangle passe bien sous le ventre du cheval ; elle se termine par trois gros anneaux qu'il faut maintenant accrocher aux trois agrafes correspondantes situées à l'extrémité du câble.

Il fait signe que l'on amène la potence du mât de charge juste au-dessus de sa tête et que l'on tende le câble. De cette manière, les agrafes se présentent à peu près au-dessus du dos de Black. Alec comprend qu'il ne peut éviter le risque d'un coup de pied, en venant tout contre le flanc de l'animal pour saisir les agrafes. Jouant le tout pour le tout, il nage donc de manière à se placer à égale distance des membres antérieurs et postérieurs de Black, qui provoquent dans l'eau de puissants remous.

Dès que l'étalon sent contre son flanc le frottement de la sangle, sa nervosité augmente. Alec, prenant appui d'une main sur le garrot, tend de l'autre les anneaux vers les agrafes. Par un effort désespéré, il réussit à accrocher le premier et il va pour placer le second quand une douleur fulgurante le paralyse : une de ses jambes, atteinte d'un coup de pied, refuse de fonctionner. Dans un dernier sursaut d'énergie, il parvient cependant à accrocher les deux derniers anneaux, puis il se laisse aller sur le dos et, nageant de ses deux bras, il s'écarte de Black.

Aussitôt, les marins du cargo commencent à hisser l'étalon, qui se débat furieusement dans l'eau, faisant jaillir de tous côtés d'immenses gerbes d'écume. Ses lèvres retroussées laissent voir ses énormes mâchoires prêtes à mordre, et ses yeux chargés de haine sont terrifiants. Tout le temps que dure la lente ascension, ses membres et sa tête s'agitent farouchement, secouant le mât de charge au point que l'on craint de le voir se rompre.

Pendant ce temps, Alec, épuisé de fatigue et de souffrance, atteint la chaloupe, où Pat l'attend anxieusement :

— Il faut me hisser, moi aussi ! balbutie-t-il… je suis blessé… à la jambe.

Le matelot appelle à l'aide, puis avec un camarade, il tire le garçon de l'eau. Mais ce mouvement rend la douleur d'Alec si intolérable qu'il n'y résiste pas. Il a l'impression de sombrer dans un grand trou noir et s'effondre sans connaissance dans les bras de Pat.

Quand il revient à lui, il se trouve dans un lit, et Pat est assis, lui souriant de ses petits yeux bleus et bridés.

— Ah ! tout de même ! s'écrie le matelot en voyant le blessé ouvrir les yeux. Ce n'est pas trop tôt ! Je croyais que tu n'allais jamais te réveiller, petit !

— Quelle heure est-il ? J'ai dormi longtemps ?

Pat passe dans ses cheveux noirs et hirsutes une grosse main noueuse.

— Ma foi, dit-il, bien assez, mon gars ! Mais

c'est normal après tout ! Tu étais mort de fatigue, tu sais ! … Voyons ! … On t'a embarqué mardi matin, et maintenant nous sommes mercredi soir.

— Eh bien ! dit Alec. Ça fait un rude somme.

— On t'a réveillé deux fois pour te faire prendre un peu de bouillon ; mais tu l'as avalé sans même ouvrir les yeux, et tu t'es rendormi tout de suite. Tu ne t'en souviens sûrement pas.

Alec remue légèrement, mais sent aussitôt une douleur dans sa jambe droite. Il pâlit et demande à Pat :

— Est-ce que je suis sérieusement touché ?

— Le docteur dit que non. C'est une plaie profonde, jusqu'à l'os, mais tu n'as rien de cassé. Tu pourras marcher dans quelques jours.

— Et pour Black, comment ça s'est-il passé ?

— Oh ! là ! là ! Ne m'en parle pas ! Jamais de ma vie je n'ai imaginé qu'un jour je me trouverais devant une bête pareille ! Quelle bagarre, mon fils ! Il nous en a fait voir, c'est moi qui te le dis ! Il a manqué tout défoncer dans le bateau ! Bon sang, quel démon ! Sitôt que ses pieds ont touché le pont, il a commencé à se battre avec nous. Sans la sangle qui le maintenait, il nous aurait tous tués, je te le jure ! Je n'ai jamais vu un cheval donner des coups de pied comme lui. Impossible de le faire tenir une seconde tranquille. Ah, tu nous as bien manqué, pour sûr ! Alors, on l'a de nouveau soulevé, et j'ai cru qu'il devenait complètement fou. Sa tête était vraiment terrible à voir, et quant à ses cris, je crois que je les entendrai jusqu'à mon dernier jour !

Pat s'interrompt et paraît un peu embarrassé, puis il reprend :

— Un de nos gars s'est trop approché de lui, et ce démon noir ne l'a pas raté ! Il l'a envoyé rouler à dix mètres ! Alors on a décidé que le seul moyen de le posséder, c'était de l'étouffer. On lui a passé trois lassos autour du cou, et on a tiré dessus tant qu'on a pu. Quand il a été à peu près incapable de respirer, on l'a descendu dans la cale. Mais là aussi, ç'a été un travail comme je ne voudrais pas en refaire un, je te le jure ! Il y a d'autres chevaux et du bétail dans le fond, et tous ont une frousse épouvantable de Black. Il fait sans arrêt un vacarme effarant là-dedans, et je me demande comment ça va tourner. On l'a mis dans la stalle la plus solide, et on l'a renforcée. Mais je crains que rien ne lui résiste !

Pat se lève et marche de long en large dans la cabine. Alec garde le silence, puis il lui dit, lentement :

— Je suis désolé de vous avoir causé tous ces ennuis. Ce n'est vraiment pas de chance que je n'aie pas été capable de…

— Je ne t'ai pas raconté tout ça pour que tu t'excuses, petit ! s'écrie Pat en l'interrompant. Nous savions bien, rien qu'à le voir sur la plage, à quoi nous nous exposions, et sans doute ce bougre d'animal vaut-il la peine qu'on prend pour lui. Mais ce qui est sûr, c'est que tout le monde à bord a compris qu'on a besoin de toi pour t'occuper de lui. Personne n'oserait maintenant en approcher, tu penses bien !

— Dites au capitaine et aux matelots que je les récompenserai. Je ne sais pas encore comment, mais je me débrouillerai.

— Bah, ne pense pas à ça, petit ! Maintenant il faut que j'aille au travail. Toi, tâche de dormir encore ; c'est ce que tu as de mieux à faire ; manger et dormir, dormir et manger, pour te retaper bien vite ! ... Ah, j'oubliais ! Donne-moi l'adresse de tes parents, pour qu'on leur câble que tu es sain et sauf et en route, avec nous, pour Rio.

Alec sourit et écrit son adresse sur le papier que Pat lui tend.

— Dites-leur que je les retrouverai... bientôt, et merci beaucoup, Pat ! fait-il.

6

LE ROI DE L'ESPÈCE

Après quelques jours de repos, Alec est autorisé à se lever ; mais il ne peut guère s'appuyer sur sa jambe encore fragile. Il est en train de s'habiller lorsqu'on frappe à la porte.

— Entrez ! crie-t-il.

Pat fait irruption dans la cabine, brandissant un radiotélégramme.

— C'est de tes parents, petit ! fait-il.

Alec saisit fébrilement la dépêche ; elle est ainsi conçue :

REMERCIONS DIEU. ENVOYONS ARGENT RIO. RENTRE VITE. TENDRESSES. MAMAN ET PAPA.

Le garçon, ému, garde un instant le silence, puis lève vers Pat des yeux un peu humides.

— Ce ne sera plus bien long, maintenant, dit-il.

— Comment va la jambe ? demande Pat, tout souriant.

— Pas trop mal, répond Alec en continuant de s'habiller. Et Black, comment va-t-il ?

— De mieux en mieux, hélas ! Car il va nous en faire voir ! Il est grand temps que tu descendes près de lui !

Alec passe un ample pantalon de marin que le commandant lui a fait remettre.

— Un peu grand, non ? dit Pat.

— Ça vaut mieux que de ne pas en avoir du tout ! réplique le garçon en riant.

Il plie le télégramme et le met dans sa poche.

— Merci, Pat, fait-il. Et maintenant, allons-y.

S'appuyant sur le matelot, il gagne la porte en boitant assez bas, et ajoute :

— Pourvu que Black n'ait pas tout cassé !

— Il ne faudra pas rester longtemps, fiston ! déclare Pat. Rappelle-toi ce que le docteur a dit !

Quand il arrive dans la cale, Alec se trouve au milieu d'un tapage assourdissant, mené par toutes les bêtes et dominé par le formidable martèlement des sabots de Black. La tête de l'étalon dépasse largement la porte de la stalle et ses yeux regardent de tous côtés. S'avançant, Alec l'appelle. Aussitôt, Black se tourne vers lui, ses naseaux frémissent et il hennit joyeusement.

— Hello, mon grand ! s'écrie Alec en allongeant le bras. Est-ce que je t'ai manqué ?

Le cheval secoue la tête, la baisse, et vient frotter son nez contre l'épaule d'Alec, qui, d'un geste calme et doux, lui caresse longuement le chanfrein. Puis, tirant de sa poche une pomme, qu'il a mise de côté en prenant son petit déjeuner, il la place dans la paume de sa main, où Black a tôt fait de la happer goulûment. Pat lui ayant apporté une brosse douce, une étrille et un peigne, Alec entre dans la stalle et s'y enferme. Il procède à un examen minutieux de l'animal et se réjouit de le retrouver en bon état.

— Ils t'ont durement traité, mon pauvre vieux, lui dit-il. Mais, que veux-tu, ils n'avaient pas le choix !

Pendant une heure, il panse l'étalon, démêlant les crins embroussaillés et redonnant à la robe soyeuse un superbe éclat. Il nettoie la stalle, refait la litière, met un peu d'avoine et beaucoup de foin dans la mangeoire, et fait boire Black. Puis, certain d'avoir désormais calmé son compagnon, il regagne, très las, sa cabine, au bras de Pat émerveillé.

Dès lors, les jours s'écoulent rapidement. Alec passe la majeure partie de son temps dans la cale et se repose près de Black, en attendant que sa jambe achève de se guérir. En vain, le commandant et Pat tentent-ils de l'intéresser à la marche du navire et au voyage ; ils finissent par y renoncer, déconcertés par l'extraordinaire intimité du garçon et de son cheval, qu'ils n'arrivent pas à comprendre.

Un jour que les deux hommes regardent Alec, occupé à panser le pur-sang, le commandant dit à Pat :

— C'est vraiment incroyable de voir comment ces deux êtres s'entendent ! Quand je pense à la sauvagerie de cette grande bête, je n'en reviens pas. Elle est capable de tuer n'importe qui l'approche, mais il suffit que ce gosse arrive pour qu'elle devienne douce comme un agneau ! C'est inouï !

— Ça, pour sûr, commandant, c'est fantastique ! réplique Pat. Je n'ai jamais rien vu d'aussi étonnant et je me demande où ça va les mener, tous les deux.

Cinq jours plus tard, ils arrivent à Rio de Janeiro. Le commandant charge Pat d'accompagner Alec à la poste, où l'attend un mandat télégraphique, puis d'organiser son voyage de retour aux États-Unis. Tout en circulant dans la vaste capitale, Alec a quelque peine à croire à la réalité de cette dernière étape. Encore quelques jours en mer, et il serait chez lui !

Dès qu'il a touché son mandat, il va au bureau de transit ; un cargo à destination des États-Unis doit lever l'ancre le lendemain. Alec prend un billet pour Black et pour lui ; presque tout son argent y passe.

Très gêné, il dit à Pat :

— Ça ne me laisse rien, ni pour le commandant, ni pour vous autres !

— Ah ! Ne t'en fais donc pas pour ça, petit ! réplique Pat. Ça n'a aucune importance !

Aussitôt rentré à bord, Alec va frapper à la porte du commandant ; il le trouve assis devant un imposant bureau couvert de papiers. Après avoir achevé ce qu'il est en train d'écrire, l'officier fait asseoir Alec et lui dit :

— Alors, mon petit, voici venu le moment de nous séparer !

— Oui, commandant. J'ai touché mon mandat et retenu ma place sur un cargo qui part demain. Seulement, voilà ! ajoute-t-il en tirant de sa poche quelques pièces de monnaie qu'il met sur la table. C'est tout ce qui me reste ! Évidemment, mes parents ne pouvaient pas se douter que j'aurais à payer le passage de Black en plus du mien. Alors, ce qu'ils m'ont envoyé a tout juste suffi pour nos deux billets…

— Et tu te tracasses, parce que tu crois que tu nous dois quelque chose ?

— Bien sûr ! Sans vous, nous serions encore dans l'île !

Le commandant se lève et vient poser sa main sur l'épaule du garçon.

— Ne te fais pas de souci, mon petit ! Nous ne comptions rien recevoir de toi ; avec ton cheval, tu nous as donné plus de distractions et d'émotions que nous n'en avons connu pendant toute notre carrière !

Ils sortent ensemble de la cabine, et l'officier ajoute :

— Tout ce que je souhaite, c'est que tu rentres maintenant chez toi sans incident ; ma meilleure récompense sera de recevoir bientôt de bonnes nouvelles de toi.

— Merci, commandant ! dit Alec. Vous êtes classe ! ...

— Et surtout, ne te laisse pas voler ton démon noir !

— Oh ! ça, pas de danger, commandant !

Le débarquement de Black a lieu le lendemain après-midi ; Alec lui fait descendre tranquillement la passerelle, tenant d'une main ferme son licol et ne cessant de le rassurer en lui parlant. Le cargo sur lequel ils doivent embarquer est arrivé pendant la nuit, et l'on procède à son chargement sur un quai voisin. Pat et la plupart des matelots font cercle autour de Black et d'Alec qui dit au revoir à chacun d'eux. Pat, resté seul auprès du garçon, lui dit :

— Ça me fait quelque chose de te quitter, petit ! Bonne chance, et surtout, pas d'imprudence !

— Compte sur moi, répond Alec. Et n'oublie pas, si tu fais escale à New York, de venir me voir !

— C'est promis. Peut-être que j'irai là-bas quand j'en aurai assez de naviguer ! ... Mais dis-moi, Alec, qu'est-ce que tu vas faire de Black à New York ?

— Je n'en sais rien, Pat. Je n'y ai pas beaucoup réfléchi, je t'avoue. Tout ce que j'espère, c'est que mes parents me laisseront le garder...

— Plus je le regarde, dit Pat, plus je trouve qu'il est taillé pour la vitesse. Je suis convaincu qu'il battrait bien des records.

— Tu penses qu'il pourrait courir ? ...

— Peut-être. Il y a huit ans, avant de devenir marin, je me suis occupé d'élevage et d'entraînement de chevaux en Irlande. Il m'en est passé de fameux entre les mains, je t'assure ! Eh bien, je n'en ai jamais vu un seul qui semblait autant que le tien fait pour courir.

— Et tu ne te trompes pas ! répond Alec en se remémorant les folles galopades dans l'île. Enfin, on verra bien ! Au revoir, Pat ! Il faut maintenant que j'aille là-bas ; ils ont presque fini leur travail. Et merci encore.

Ils se serrent chaleureusement la main.

— À bientôt, petit, et bonne chance !

— C'est ça ! À bientôt, Pat !

Alec conduit Black vers le quai voisin. Un groupe de chevaux se trouve réuni dans un coin, en attendant qu'on procède à leur embarquement. Des dockers affairés courent de tous côtés. L'air est empli d'odeurs de fruits et de bétail.

À la vue des chevaux, l'étalon se cabre et les bêtes poussent des hennissements effrayés. Aussitôt, Alec prend soin de le mener à bonne distance de ses congénères. Il se laisse faire, mais, dressant fièrement la tête et les oreilles, il toise les autres animaux d'un air dominateur.

— Ça te rappelle le bon temps, pas vrai, mon vieux ? lui dit Alec.

Tandis qu'il attend son tour d'embarquer, Alec, songeant à ses parents, se demande quelle sera leur réaction à la vue du pur-sang. Quelle chance que, l'année précédente, ils aient précisément déménagé de New York pour aller habiter en banlieue, à Flushing ! Il est convaincu qu'il trouvera, non loin de chez lui, un endroit où installer Black, à la condition que ses parents y consentent.

Tout à coup, l'étalon pousse un hennissement strident et tout son corps frémit. À l'extrémité du quai, un cri du même genre déchire l'air, et tous les chevaux parqués à l'écart se serrent peureusement les uns contre les autres. Un grand étalon bai paraît, tenu en main par un homme d'écurie qui le conduit vers un autre cargo.

Alec se réjouit de ce que l'animal ne soit pas destiné à embarquer sur le même navire que Black, car ils ont tous deux sensiblement la même taille et, de toute évidence, le Géant Noir n'éprouve aucune sympathie pour le bai. Au contraire, il tire si fort sur sa longe qu'Alec a beaucoup de mal à le retenir. Dressant très haut la tête, il ne quitte plus des yeux le nouveau venu.

Celui-ci donne d'ailleurs du fil à retordre à son conducteur. Il piaffe, rue, et finalement se cabre, tout comme Black l'a fait si souvent dans l'île. Les autres chevaux se mettent à hennir à qui mieux mieux et, les deux étalons joignant leurs cris à ce concert, c'est bientôt un vacarme infernal. Alec commence à s'inquiéter, car il se rend compte que Black se laisse de nouveau aller à son instinct violent. Et, soudain, il se rappelle ce que lui a raconté son oncle : dans les troupeaux de chevaux sauvages, il y a toujours un étalon qui règne seul sur tous les autres, ne tolérant aucune rivalité dans sa suprématie.

— Holà, doucement, Black ! Du calme ! dit-il.

L'étalon couche ses oreilles et s'ébroue en piaffant rageusement. Après un bref répit, le bai pousse de nouveau un hennissement perçant et pointe, droit sur ses postérieurs. Autour de lui, des marins crient et gesticulent pour tenter de le faire tenir tranquille. Mais l'animal se cabre de plus belle, et soudain, l'homme qui le tenait, s'écroulant, lâche la longe.

Instantanément Black se cabre à son tour et pousse un cri terrifiant. Dès lors, Alec comprend qu'il ne le retiendra plus ; en fait, un instant plus tard, la longe lui échappe des mains.

Les deux étalons se précipitent l'un vers l'autre, faisant résonner leurs sabots sur le quai, comme des roulements de tonnerre. En quelques secondes ils se heurtent. Dressés tous deux sur leurs pattes postérieurs et se servant de leurs antérieurs comme fait un boxeur de ses bras, ils se lancent de furieux coups ; de leurs énormes mâchoires grandes ouvertes, ils cherchent à se prendre à la gorge. C'est Black qui y réussit le premier ; ses dents pénètrent profondément dans l'encolure du bai et ne le lâchent plus pendant un long moment. Mais les deux combattants perdent bientôt l'équilibre et doivent s'accorder un très bref répit.

Aussitôt après, ils se jettent de plus belle l'un contre l'autre, pointant, mordant, bottant, ruant, de toutes les manières imaginables. Alec, fasciné, contemple ce combat épique de deux bêtes sauvages luttant pour leur suprématie. Il se rend compte que, petit à petit, le bai faiblit. Incontestablement, Black est plus fort et plus résistant. Tout à coup, ayant réussi à prendre un peu d'élan, il bondit sur le bai avec une telle puissance qu'il le déséquilibre. L'énorme masse de l'étalon s'écroule sur le quai. Instantanément, Black se cabre de toute sa hauteur, puis laisse retomber ses antérieurs sur l'encolure de son adversaire qui, terrassé, ne bouge plus.

Il reste ainsi, triomphant, pendant quelques secondes, puis pousse un cri vainqueur, comme jamais Alec n'en a encore entendu. Ses yeux étincellent et tout son corps est couvert de sang mêlé d'écume. Que va-t-il faire ensuite ?

Il tourne la tête vers les chevaux parqués non loin de là. Abandonnant sa victime, il s'en va d'un pas majestueux vers les autres bêtes qui, à son approche, hennissent nerveusement mais ne bougent pas. Sans se hâter, il fait le tour du groupe, la tête haute et l'air dominateur.

Comme l'heure avance, Alec, décidant d'aller le chercher, se dirige vers lui.

— Attends, petit ! crient les matelots. Attends qu'il se soit calmé ! Tu vas attraper un mauvais coup !

Mais il n'en tient aucun compte et poursuit sa marche. Black, le voyant venir, s'arrête net et le laisse approcher. Il est dans un triste état, couvert de sang et de blessures, mais il porte sa tête plus haute et droite que jamais et sa crinière s'agite au vent. Alec s'attache surtout à observer les yeux de son cheval ; l'expérience lui a appris à comprendre le langage de ce regard. Il constate que son terrible compagnon commence à se calmer un peu ; ses naseaux cessent de frémir et il paraît écouter les mots qu'Alec prononce d'une voix douce.

Une ou deux minutes passent. Alec ramasse la longe qui est demeurée attachée au licol, la tend et tire un peu dessus. L'étalon tourne la tête vers lui, hésite un instant, puis fait face au groupe des chevaux. Alec laisse glisser la longe entre ses doigts, pour ne pas gêner Black qui, une dernière fois, passe en revue ses congénères, et il attend patiemment. Bientôt, l'étalon, semblant avoir pris sa décision, tourne le dos aux autres animaux et se met tranquillement en marche à côté de son ami.

Parmi les matelots qui assistent à la scène, des cris de stupéfaction et des applaudissements se font entendre, mais Alec n'y prête aucune attention. Il a hâte d'embarquer son cheval et de panser ses blessures. La sirène du cargo mugit et le garçon se hâte vers la passerelle. Comme il tire un peu plus sur la longe, Black lui résiste un instant et s'arrête pour jeter encore un regard en arrière.

— Allons, Black ! Viens, maintenant ! Il est tard !

Un long moment s'écoule, puis, docile, l'étalon se laisse conduire. Au moment de s'engager sur la passerelle, Alec voit qu'un groupe de gens entoure le bai qui vient de se relever. On lui tâte les membres et on le fait marcher : chose incroyable, l'animal ne paraît pas avoir de mal ! Alec s'en réjouit fort, car Dieu seul sait quels ennuis il aurait eus si Black avait gravement blessé son antagoniste !

L'arrivée de l'étalon sur le pont provoque presque une panique, tous les matelots s'écartant de lui comme de la peste. Mais il s'en trouve un, moins peureux que les autres, pour montrer à Alec le chemin de la cale, où se trouve le box retenu pour Black.

Dès qu'ils y sont parvenus, Alec se hâte de préparer une épaisse litière ; puis il remplit un seau d'eau et commence à laver les plaies. Le matelot revient peu après, apportant un gros pot d'onguent. Il est tout jeune, à peine plus âgé qu'Alec.

— Je n'ai jamais rien vu de pareil ! dit-il.

— Moi non plus, fait Alec, affairé à soigner les membres délicats du pur-sang. Merci pour l'onguent. Tu serais vraiment épatant si tu pouvais m'apporter des morceaux de linge propre. Il va falloir que je lui bande quelques-unes de ses coupures, sans ça, elles s'infecteront !

— Bien sûr ! On va lever l'ancre dans quelques minutes, et dès que j'aurai un instant, je t'apporterai ça !

7

RETOUR AU FOYER

Alec entend la sirène du cargo mugir trois fois.

Le dernier cheval que l'on vient d'embarquer est amené dans la cale et fait un écart en passant devant le box de l'étalon. Black dresse fièrement la tête au-dessus des bat-flanc et observe les stalles occupées par les autres chevaux.

Les machines se mettent en mouvement, faisant trembler le navire. Alec continue de nettoyer l'une après l'autre les blessures de son compagnon.

— Encore un peu de patience, mon vieux ! lui dit-il. Quelques jours de mer et nous serons chez nous !

Avec précaution, il lave une profonde entaille

que le bai a faite au flanc de son rival en le mordant. L'étalon frémit en sentant l'eau pénétrer dans la plaie, mais il se laisse faire. Il est si grand, si puissant ! … Ne se montrera-t-il pas trop difficile à soigner et à dresser ? Ne fera-t-il pas peur aux parents d'Alec ? …

À mesure qu'il réfléchit, le garçon se rappelle qu'à proximité de leur maison de Flushing se trouve une propriété, maintenant inhabitée par ses propriétaires qui se contentent de louer, meublée, la vaste demeure à des touristes pendant la belle saison. Le parc d'environ deux hectares n'est plus entretenu, et le domaine comporte des communs inutilisés, qui semblent près de tomber en ruine. S'il pouvait y installer Black, ce serait un endroit rêvé ; il se débrouillerait pour aménager un box et faire, au besoin, les réparations nécessaires. Il lui faudrait obtenir de ses parents la permission de conserver le cheval, et trouver du travail en dehors des heures de classe pour gagner de quoi payer la nourriture de Black…

Il enduit d'onguent la plaie ; l'étalon, tournant la tête, le regarde faire sans s'agiter.

— Là ! fait Alec, en flattant la belle encolure incurvée. Ça va aller mieux maintenant ! Rude journée pour toi, mon pauvre vieux, pas vrai ?

Black frotte son nez contre la poitrine de son ami, puis, d'un petit coup de tête sans méchanceté, il le repousse contre le bat-flanc. Alec rit de bon cœur ; il ramasse ses ustensiles de pansage, emporte le seau et sort du box. Black passe la tête par-dessus la porte qu'Alec vient de refermer et ses naseaux frémissent un peu.

— Allons, sois sage maintenant, mon grand ! lui dit Alec. Il faut que j'aille voir ma cabine !

À peine Alec a-t-il commencé à gravir les marches de l'escalier que Black hennit fortement. Son cri aigu est suivi d'un craquement significatif : il vient de crever, d'un coup de sabot, le bat-flanc de son box. Alec revient vers lui en toute hâte.

— Holà, Black ! Holà ! ... Allons, du calme ! lui dit-il.

Dès qu'il voit son ami rebrousser chemin, l'étalon allonge l'encolure par-dessus la porte. Alec caresse doucement ses naseaux soyeux et le gronde à mi-voix :

— Tu n'es pas raisonnable ! ... Ce n'est pas bien.

Des hommes d'écurie, occupés à soigner les autres animaux, s'approchent, et l'un d'eux demande :

— Ça va, petit ?

— Très bien, répond Alec. Il est un peu nerveux, voilà tout !

— C'est qu'il est rudement méchant ! dit un autre. Tu feras bien de le surveiller.

— Il n'aime pas rester seul, déclare sèchement Alec. Alors, je vais rester près de lui.

Les grooms retournent à leur travail et Alec, sans entrer dans le box de Black, murmure :

— C'est égal : tu y vas fort, tu sais !

Il remet en place le morceau de bat-flanc que l'étalon a crevé. Puis, regardant faire les hommes d'écurie, il constate qu'ils installent tous des couchettes de fortune, faites de paille, le long des stalles où se trouvent les chevaux dont ils ont la charge. Alec n'hésite pas ; il va chercher une botte de paille supplémentaire et fait son lit devant la porte du box.

— Que ça me plaise ou non, grommelle-t-il, je n'ai pas le choix : il faut que j'y passe !

Cette nuit-là, il ne dort presque pas, car la mer est mauvaise et la paillasse peu confortable. De violents coups de roulis le secouent à tout moment. Les chevaux ont d'ailleurs peine à garder leur équilibre ; nerveux, ils frappent sans arrêt le plancher, ce qui produit un vacarme assourdissant. Il va sans dire que, dans ce concert, Black ne joue pas le moindre rôle.

Toute la journée du lendemain, la mer continue à être très forte ; nombre de chevaux sont malades et les grooms ont fort à faire à les soigner. Mais Black ne paraît pas incommodé ; il continue à dresser bien haut la tête et tourne en rond dans son box pour se dérouiller les jambes.

Quand vient la nuit, l'océan se déchaîne plus violemment encore. Sans discontinuer, les éclairs déchirent le ciel, cependant que le vent hurle. Alec ne peut s'empêcher de songer au *Drake* et à la tempête qui l'a envoyé par le fond. Se levant, il s'appuie à la porte du box. Black, debout, ne dort pas ; selon son habitude, il frotte son nez contre la poitrine d'Alec.

— Tu n'as pas peur, non ? lui dit le garçon.

Les éclairs illuminent la cale comme en plein jour. Un craquement impressionnant retentit sur la mer. Alec serre fortement la crinière de Black. Le navire frémit, mais poursuit sa marche ; pendant quelques instants les machines semblent tourner plus vite, puis elles reprennent leur rythme normal et régulier. Cependant, l'étalon paraît inquiet. Ses yeux ne restent jamais en place ; à tout moment il secoue la tête et donne des coups de sabot dans le plancher et les bat-flanc. Certes, Alec ne peut lui reprocher d'avoir peur. Fouillant dans sa poche, il en tire un morceau de sucre qu'il offre à Black ; mais celui-ci, au lieu de le prendre, recule dans le fond du box et piaffe encore plus fort.

Comme la tempête redouble de violence, les grooms se réveillent tous ; mais leurs chevaux ne bougent pas ; ils sont bien trop malades pour cela. Alec commence à craindre de ne pas pouvoir rester maître de l'étalon. Ouvrant la porte du box, il y entre et s'approche de Black, qui reste acculé à un coin de la stalle, dressant très haut sa tête et paraissant sur le point de se cabrer.

— Allons, mon grand, sois raisonnable ! dit Alec, en tendant vers lui sa main contenant le morceau de sucre.

L'animal cesse de marteler le plancher et baisse la tête vers le sucre. Alec, passant sa main sous la crinière, se met à lui caresser longuement l'encolure, de la nuque au garrot.

— À la bonne heure ! Ça, c'est gentil ! lui dit-il en sentant les muscles du cheval se détendre sous sa main.

Des heures passent et le jour finit par se lever, amenant un apaisement de la tempête ; mais l'ouragan fait place à un véritable déluge. Un des grooms vient regarder Black et demande à Alec :

— Il n'est donc pas malade ?

— Non ! Un peu nerveux seulement…

— Ça, par exemple ! lui dit l'homme d'un ton admiratif. Il faut qu'il soit en fer pour tenir le coup par une mer pareille ! Il est le seul dans la cale à ne pas avoir été sur le flanc !

Dans la soirée, Alec commence à souffrir de nausées. Il lutte contre son malaise avec l'énergie du désespoir, mais, finalement, il lui faut admettre qu'il a bel et bien le mal de mer.

— Ah, Black ! murmure-t-il. Tu tiens rudement mieux le coup que moi ! …

Pendant les jours qui suivent, Alec perd complètement le contrôle de ses réactions ; tout lui est indifférent. Vivre ou mourir ? Peu lui importe. Tous les grooms sont également malades et personne ne s'occupe de lui, sauf le quartier-maître qui fait office de médecin du bord. En vain s'efforce-t-il de convaincre Alec qu'il serait mieux dans sa cabine. Si malade qu'il soit, le garçon n'en demeure pas moins obstinément près de Black.

Trois jours plus tard, il parvient, non sans peine, à se lever et, d'un pas chancelant, s'approche du box. Le bateau a cessé de rouler et de tanguer.

— Eh bien, mon vieux ! s'écrie-t-il. Je vois que tu es toujours en pleine forme !

L'étalon, dressant les oreilles, secoue la tête et pousse un hennissement joyeux. Un des hommes d'écurie s'approche.

— Comment te sens-tu, petit ? demande-t-il.

— Un peu faible, mais pas trop mal, dit Alec. Quand serons-nous à New York ?

— Dans deux jours, environ, à moins qu'on n'ait encore du mauvais temps. Mais je crois qu'on a eu notre part, pas vrai ?

— Tu parles ! dit Alec.

Deux jours plus tard, le cargo stoppe en rade de New York pour y subir l'inspection des services de « quarantaine », avant d'être admis à pénétrer dans le port. Les inspecteurs vétérinaires descendent dans la cale et, de stalle en stalle, examinent tous les chevaux. Chaque groom présente aux fonctionnaires les papiers des animaux dont il est responsable. Alec, fort inquiet, se demande ce qui va se passer lorsque son tour viendra. Sans doute vaut-il mieux devancer les questions, en expliquant son cas à l'inspecteur principal. Il se dirige donc vers ce fonctionnaire lorsqu'un brusque hennissement de Black le fait sursauter. Se retournant aussitôt, il voit un des subordonnés de l'inspecteur qui vient d'ouvrir la porte du box.

— Attention ! lui crie-t-il.

Mais il est trop tard. L'étalon pointe et, d'un coup de pied, envoie l'audacieux rouler sur le plancher. Alec, se précipitant dans le box, saisit le licol de Black et s'y cramponne, tandis que l'homme se relève en grommelant des jurons. Dès que Alec les entend, il est rassuré ; l'employé a eu plus de peur que de mal ; son pantalon est déchiré, mais le coup ne semble pas grave.

L'inspecteur principal, alerté par le bruit, s'approche.

— Qu'est-ce qui se passe donc, ici ? demande-t-il.

— Ce cheval m'a attaqué, chef, répond l'homme. C'est une bête dangereuse.

— Comment expliques-tu ça, petit ?

Alec regarde bien en face le fonctionnaire. Aurait-il le pouvoir d'empêcher l'entrée de Black aux États-Unis ? C'est impensable ! À l'idée d'une telle éventualité, Alec sent un vertige l'envahir.

— Je regrette ce qui vient de se passer, monsieur, répond-il. Mais je suis sûr que rien ne se serait produit si votre adjoint n'était pas entré dans le box. Il faut vous dire que Black n'a pas l'habitude de voir des gens. Personne d'autre que moi ne l'a jamais approché.

L'inspecteur examine attentivement l'étalon, puis il ouvre à son tour la porte et pénètre dans le box. Alec serre de toutes ses forces le licol de Black en lui disant :

— Doucement, Black, doucement !

— C'est un bien beau modèle que tu as là, petit ! déclare le fonctionnaire. Il t'appartient ?

— Oui, monsieur.

— Tes papiers sont en règle ?

— Nous n'avons aucun papier, ni Black ni moi, monsieur, mais le commandant m'a dit que je n'aurai pas d'ennuis. Notre bateau a fait naufrage…

— Ah ! C'est donc toi ! s'écrie l'inspecteur. J'ai reçu des ordres à ton sujet. Nous allons te donner ton visa, bien sûr ! Tu as eu assez de malheurs comme ça ! Inutile de te compliquer encore la vie !

Il se tourne vers son employé qui, ayant relevé son pantalon, étanche une forte coupure à la cuisse.

— Comment va la jambe, Sandy ? demande-t-il.

— Je crois que ce ne sera rien, chef, répond l'autre. Mais, depuis quinze ans que j'examine des chevaux, je n'en ai jamais vu d'aussi sauvage que celui-là !

— Sans doute, mais moi je ne crois pas en avoir vu de plus beau ! dit l'officier, qui, se tournant vers Alec, ajoute : Tu dois avoir une histoire peu banale à raconter, petit ! Ce naufrage d'abord, et puis tes aventures avec cet extraordinaire animal…

— C'est en effet une longue histoire, monsieur, répond Alec. Nous sommes, je crois, les seuls survivants du *Drake*. Pas vrai, mon vieux ? fait-il en donnant une tape amicale à Black, qui s'ébroue doucement.

Le cargo, dûment inspecté, est autorisé à franchir les passes et pénètre dans le port. Alec, installé devant le hublot proche du box, contemple avec émotion le panorama familier des gratte-ciel. Ainsi donc, il arrive au terme de son aventure et se retrouve au pays natal, après cinq mois d'absence ! Mais que de changements survenus entre-temps, non seulement dans son existence mais en lui-même !

Sentant sur sa nuque le souffle chaud de Black, il se retourne et passe, d'un geste affectueux, sa main sur les naseaux soyeux de l'animal.

— Eh bien, mon grand, nous voilà arrivés ! murmure-t-il. Comment vas-tu trouver New York ?

À quelque distance du cargo, deux petits remorqueurs tirent tranquillement le navire vers les quais. À mesure qu'ils en approchent, les immenses immeubles bouchent l'horizon. Un grand transatlantique, qui vient de lever l'ancre, se dirige vers les passes, crachant d'énormes volutes de fumée. Le cargo croise d'autres navires et des ferry-boats chargés de wagons. À la vue de la statue de la Liberté, les yeux d'Alec s'emplissent de larmes. C'est un réflexe instinctif, mais il s'en étonne. Qu'est-ce qui lui arrive donc, brusquement ? Il a pourtant passé l'âge de la sensiblerie ! Il lui faut cependant convenir que c'est émouvant de retrouver, après tant de péripéties, la statue qui symbolise à la fois sa patrie et le plus précieux des biens.

Un transbordeur surchargé de passagers passe tout près du cargo, tandis que le soleil s'apprête à disparaître derrière les édifices colossaux de la plus vaste des mégapoles.

Black, un peu nerveux, souffle dans le cou de son compagnon.

— Encore un peu de patience, mon vieux ! lui dit Alec. Dans quelques minutes, ce sera fini !

Fouillant dans sa poche, il en tire deux morceaux de sucre et un radiotélégramme. Pendant que l'étalon savoure la friandise, Alec relit la dépêche qu'on lui a remise peu auparavant. Elle dit :

SERONS AU DÉBARCADÈRE BIEN IMPATIENTS DE T'EMBRASSER. TENDRESSES. MAMAN ET PAPA.

Le navire arrive devant les quais de Brooklyn où il doit accoster et, en peu de temps, la cale s'emplit de bruits de toute sorte, l'équipage s'apprêtant à débarquer la cargaison. Ce tintamarre déplaît visiblement à Black, qui commence à donner des signes de nervosité.

Après quelques manœuvres, le cargo arrive à quai, sa coque heurte la pierre, les chaînes des ancres font un affreux vacarme, puis c'est le silence et le bâtiment s'immobilise.

On ouvre les portes des cales et l'équipage s'affaire à préparer le débarquement des chevaux. Les matelots n'ont pas oublié la scène de Rio de Janeiro, aussi prennent-ils soin de faire descendre tous les animaux avant de procéder au débarquement de l'étalon. Quand la voie est entièrement libre, un des hommes d'équipage vient avertir Alec que son tour est venu. « O.K. », dit-il, en souriant, à la vue du marin qui se hâte de se mettre à l'abri.

Tenant ferme la longe dans sa main gauche et le licol dans sa main droite, Alec fait sortir de son box Black, dont la tête se dresse fièrement comme pour mieux voir ce qui va s'offrir à ses regards. Levant délicatement ses membres, il gravit sans nervosité le plan incliné qui conduit au pont du cargo. La nuit est tombée et les quais, noirs de monde, baignent dans la lumière crue des lampadaires.

L'étalon tressaille. Même à Rio de Janeiro, il n'a rien vu de semblable. La nuit est fraîche et une brise légère agite sa crinière. Nerveux, il lance de tous côtés des regards inquiets, secoue la tête et, malgré les objurgations d'Alec, se met à hennir vigoureusement.

Ce cri est si aigu, si exceptionnel, que la foule assemblée sur le quai fait soudain silence ; tous les regards se tournent vers le Géant Noir, dont la superbe silhouette se détache nettement à l'entrée de la passerelle. Alec, tenant bien fort la longe, commence à faire descendre son cheval à pas lents sur le plan incliné. Au-delà du quai silencieux l'énorme grondement de la ville paraît s'amplifier ; Black, impressionné, frémit, et brusquement se cabre. Alec réussit à lui faire baisser ses antérieurs. Trois matelots, voulant lui prêter main-forte, viennent alors à sa rencontre sur la passerelle ; mais, dès qu'il les voit, l'étalon pointe de plus belle, et ses sabots menaçants font reculer les arrivants. Il est bientôt en sueur et, tremblant de tous ses membres, refuse d'avancer.

Alec voit avec effroi venir le moment où il ne pourra plus rester maître de l'animal. Pour mieux le tenir, il saisit également le licol de sa main droite. À ce moment, un gros camion, arrivant sur le quai, les éblouit de ses phares, ce qui achève d'affoler le pur-sang ; il hennit de nouveau très fort et se cabre, soulevant de terre Alec, agrippé des deux mains au licol. Pour tenter de se libérer de ce poids, il secoue rudement la tête, jetant ainsi le garçon de côté. Alec lâche prise et, perdant l'équilibre, tombe sur la passerelle, juste sous les sabots que Black agite en l'air.

Plusieurs cris d'effroi jaillissent de la foule. Le cheval ramène ses antérieurs à terre, à quelques centimètres de la tête d'Alec, qui gît inerte sur le sol ; puis, faisant brusquement demi-tour, il repart vers la cale. Des marins, s'approchant alors, aident Alec à se relever.

— Pas de mal ? demande l'un d'eux.

— Non, ça va ! fait Alec. Un peu abruti, simplement.

— Il y a de quoi ! C'est une vraie bête sauvage, ton cheval !

Un agent de police gravit en courant la passerelle, revolver en main.

— Hé là, pas de blague ! lui crie Alec. Vous n'allez pas lui tirer dessus, tout de même ?

— Non, à moins qu'il ne constitue un danger public !

— Ne vous inquiétez pas ! dit Alec, dont les forces sont revenues. Je vais le chercher, maintenant.

— J'y vais avec toi, petit, réplique le policier tandis que les autres hommes s'écartent.

— Je crois que je m'en tirerai mieux tout seul, fait Alec.

— Possible. Mais je t'accompagne quand même. On ne sait jamais…

Alec redescend dans la cale et trouve Black dans son box, roulant des yeux effrayés.

— Qu'est-ce qui ne va pas, mon vieux ? lui dit-il. Tu n'aimes donc pas New York ?

Il s'approche prudemment et pose sa main sur

l’encolure de l’étalon, qui, tout en donnant des signes de nervosité, le laisse faire.

— C’est tout nouveau, bien sûr, mais ce n’est pas bien terrible, tu sais, quand on s’y habitue !

Black, un peu calmé, allonge la tête et la frotte contre la poitrine d’Alec. Celui-ci sort du sucre de sa poche et le lui offre. À mesure que l’animal mange, ses yeux perdent leurs reflets sauvages. Espérant que cette grande crise de frayeur est passée, Alec fait une nouvelle tentative et, reprenant le licol en main, il ramène son cheval sur le pont, vers la passerelle. Mais dès que Black revoit la foule et les aveuglantes lumières, il recommence à se cabrer. Alec, se gardant d’insister, fait demi-tour et rentre dans le box. L’agent de police, qui l’observe à l’écart, intervient alors.

— Enlève ton chandail, petit, lui dit-il, et sers-t’en pour lui bander les yeux.

— C’est une bonne idée ! dit Alec.

Il ôte donc son tricot, puis, grimpant sur un des bat-flanc, il passe vivement le vêtement sur les yeux de l’étalon et fixe ce bandeau improvisé en nouant sous le cou de Black les manches du sweater. Pendant plusieurs minutes, l’animal secoue la tête en tous sens pour essayer de se débarrasser de son capuchon ; il pointe, rue, et fait le fou, mais les caresses et les paroles rassurantes d’Alec finissent par l’apaiser. Quand le garçon le juge assez calme, il le fait sortir du box, espérant, cette fois, réussir à l'amener jusqu'au quai.

Malheureusement, dès que la foule les voit tous deux apparaître en haut de la passerelle, beaucoup de gens se mettent à crier. Black couche ses oreilles en arrière, se met à respirer bruyamment et tente de se cabrer. Alec, cramponné d'une main au licol, de l'autre à la longe, fait des efforts désespérés pour le retenir. À ses pieds il a l'impression que des milliers de visages l'observent.

À mi-chemin de la descente, l'étalon pointe encore et Alec se sent soulevé du sol. Craignant de se voir de nouveau jeté à terre, il lâche le licol et laisse l'animal se cabrer de toute sa hauteur. Heureusement, le bandeau qui rend Black aveugle l'oblige de ramener bientôt ses antérieurs à terre. Alec fait un bond de côté pour éviter un mauvais coup, puis, très pâle, il reprend en main la longe et réussit à conduire son cheval jusqu'au bas de la passerelle. Dès qu'il atteint le quai, la foule craintive se hâte de s'écarter devant lui.

Black est superbe à voir. Il trottine, levant bien haut ses membres, et continue inlassablement à essayer de se débarrasser du bandeau ; le chandail blanc qui lui cache les yeux fait paraître encore plus noires sa crinière et sa robe. Si nerveux qu'il soit encore, il semble cependant s'accoutumer petit à petit aux bruits de la ville.

Soudain, Alec s'entend appeler ; se retournant, il aperçoit, au premier rang de la foule, son père, aussi grand et mince que sa mère est petite et replète. Une extrême anxiété se lit sur leurs visages. Tenant toujours d'une main ferme son cheval, Alec s'approche d'eux, et s'arrête à quelque distance des spectateurs.

— Bonjour, maman ! … Bonjour, papa ! dit-il simplement, la gorge un peu serrée.

Il se rend compte que sa mère a pleuré. Laissant glisser la longe entre ses doigts, il n'en conserve à la main que l'extrémité et vient embrasser son père et sa mère.

— Enfin ! dit son père. Ça fait du bien de te revoir, petit !

— Moi aussi, je suis content d'être rentré, dit Alec.

Derrière lui, l'étalon piaffe. Alec se retourne vers lui et le caresse un instant, puis il dit fièrement à ses parents :

— Il est à moi, vous savez !

— C'est bien ce que je craignais ! grommelle son père.

Sa mère, stupéfaite, garde le silence. M. Ramsay examine l'animal avec soin ; il est jadis beaucoup monté à cheval, et Alec a dès son enfance appris de lui à aimer les chevaux. Il ne dit rien, mais admire visiblement Black, et Alec s'en rend compte.

— Je vous raconterai toute l'histoire plus tard, dit-il. Je lui dois la vie ! …

— Mais voyons, mon enfant ! réplique Mme Ramsay, ayant peine à dominer son émotion. Il est affreusement dangereux ! Il t'a renversé tout à l'heure !

Alec ne répond rien, mais la regarde d'un air si calme, si sûr de lui, qu'elle se tait. Elle n'en revient pas : est-ce là le garçon qui l'a quittée à peine cinq mois auparavant ?

— Et qu'est-ce que tu comptes en faire ? demande son père.

— Je ne sais pas, papa, mais j'ai une idée de l'endroit où je pourrai le mettre.

Il s'exprime avec volubilité. Il lui faut convaincre ses parents sur-le-champ, et une fois pour toutes, que Black lui appartient et qu'il le gardera.

— J'ai pensé aux communs du domaine de Halleran, au bout de notre rue, là où habitent les Dailey. Je suis sûr qu'ils m'autoriseraient à y mettre Black et ne me prendraient pas cher pour sa pension. Il y a au moins un hectare de pré derrière, où il pourrait pâturer. Et moi, je travaillerai en dehors des heures de classe pour payer sa nourriture. Laisse-moi le garder, papa, je t'en supplie !

— Nous verrons, mon petit, nous verrons ! répond avec calme M. Ramsay, qui sourit à son épouse pour la rassurer et reprend : Nous allons le ramener à la maison, et nous verrons comment les choses se présentent. Mais rappelle-toi bien ce que je te dis, Alec : c'est toi qui en prends la responsabilité, c'est toi qui devras t'en occuper et le nourrir ! C'est un gros travail que tu te mets sur les bras ! Je vais faire conduire ton cheval à Flushing, mais ensuite, à toi de te débrouiller.

Un jeune homme, faisant à distance respectueuse le tour de Black, s'approche d'eux, un appareil photo à la main. Il les salue, montrant une chevelure aussi noire que la robe de l'étalon.

— Excusez-moi, dit-il à Alec. Je suis Joe Russo, du *Daily Telegram*. J'aimerais prendre quelques photos et une interview de vous. Je crois savoir que vous êtes l'unique survivant du *Drake*, qui s'est perdu corps et biens au large de l'Espagne.

— Je ne suis pas le seul survivant, dit Alec en montrant Black. Lui aussi !

— Ça, par exemple ! En voilà une histoire ! s'écrie le reporter. Vous voulez dire que ce cheval-là se trouvait à bord du *Drake* ?

— Bien sûr ! fait Alec.

— Mais alors, qu'est-ce qui s'est passé quand le bateau a coulé ?

— Oh ! ce serait trop long à raconter, lui dit Alec, et, pour l'instant, j'ai bien autre chose à faire, croyez-moi !

Black recommençant à donner des signes de nervosité, il le flatte doucement.

— Laissez-moi vous aider ! supplie Joe, avec l'obstination du journaliste décidé à parvenir à ses fins : Il vous faut un van pour l'amener chez vous, et je crois savoir où je peux en trouver un. Ensuite, vous me raconterez toute votre aventure !

— O.K. ! fait Alec, trop heureux de trouver un moyen de conduire Black à Flushing.

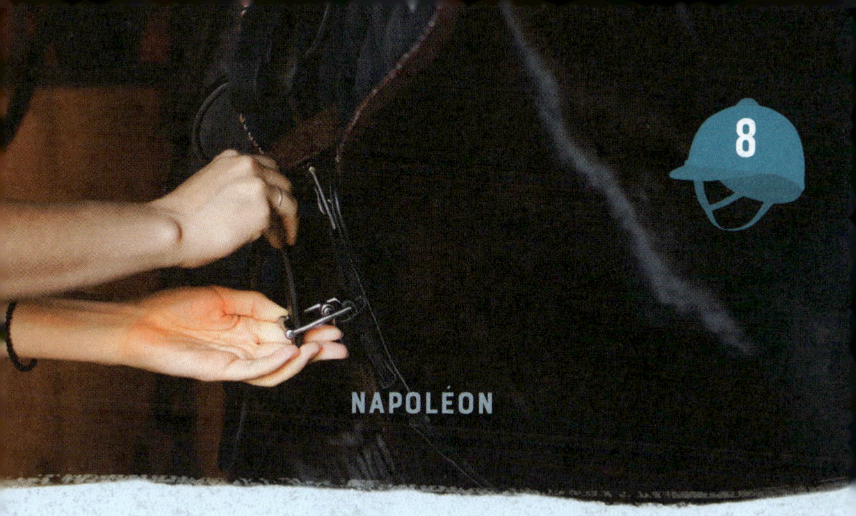

8

NAPOLÉON

Une heure plus tard, Alec fait monter sans trop de difficultés son cheval dans un van fermé que Joe Russo a réussi à se procurer. Sa mère rentre à Flushing en conduisant sa voiture, cependant que son père prend place dans la cabine du camion avec le reporter et le chauffeur. Pour ne pas laisser Black seul, le garçon monte avec lui dans le van ; il lui a laissé le bandeau sur les yeux, mais, dès que le véhicule démarre, l'étalon manifeste une nervosité bien compréhensible. Les secousses de la marche, le trafic des rues, les avertisseurs des camions, les cris des gens, tout cela fait un vacarme effrayant, bien caractéristique de la mégapole des États-Unis.

Alec, debout près du pur-sang dont il tient fermement le licol, regarde par la petite glace de la cabine les rues ruisselantes de lumière. Pour lui aussi New York est devenue une ville étrangère ; il l'a presque oubliée. À mesure que le van progresse dans le dédale des avenues, évitant autant que possible les secousses, Alec ne cesse de rassurer Black, tant par la parole que par les caresses.

Dans la cabine, M. Ramsay, se retournant à tout moment, semble ne pouvoir détacher son regard de cet animal étonnant, dont la tête encapuchonnée domine celle de son fils. De temps à autre, quelque bruit plus violent que les autres, un coup de klaxon ou le passage d'une rame de métro aérien font tressaillir l'étalon, qui tente de se cabrer et heurte de la tête le toit du camion. Mais bientôt le trafic diminue d'intensité dans les faubourgs précédant Flushing ; Black, s'habituant sans doute à la marche du van, devient moins nerveux et Alec se laisse aller au plaisir anticipé de pouvoir bientôt installer son compagnon dans la vieille propriété proche de son domicile. Si seulement on ne refusait pas de l'y accueillir ! Quelle joie ce serait de le monter dans le pré ! …

Quand ils pénètrent dans Flushing, Alec, mettant le nez à la fenêtre, ne revoit pas sans émotion le quartier aux magasins familiers, puis sa propre demeure. Ils passent sans s'arrêter devant elle, pour gagner, au bout de la rue, le vieux domaine de Halleran, à l'entrée duquel se trouve une pancarte : « Touristes » Une courte allée mène à la maison d'habitation, devant laquelle le van s'arrête.

— Nous y voilà donc ! dit M. Ramsay. Maintenant, mon petit, à toi de te débrouiller et d'obtenir que Mme Dailey accepte de prendre ton cheval en pension !

Alec, lâchant le licol de Black, sort du van et va sonner à la porte de la vieille bâtisse. Une grande et forte femme, d'aspect débonnaire, vient lui ouvrir.

— Bonjour, madame Dailey ! lui dit-il. Vous me reconnaissez ?

— Par exemple ! … s'écrie-t-elle. C'est le petit Ramsay ! … Mais… on m'a dit… que tu avais disparu dans un naufrage !

— J'ai été sauvé et je viens de débarquer.

— Ça, c'est une bonne nouvelle, et j'en suis bien contente pour tes parents ! Mais, dis-moi, tu as dû en avoir des aventures ! …

— Dame ! fait Alec, ça n'a pas été facile ! En fait… je suis justement venu vous voir… parce que… j'ai été sauvé par un cheval… et je l'ai amené avec moi ! …

— Un cheval ? …

— Oui, et papa m'a dit que je pouvais le garder,

à condition de trouver une écurie où le mettre en pension. Alors, j'ai pensé que vous me loueriez peut-être une stalle des communs…

— C'est que l'écurie est en bien mauvais état, mon petit ! Et nous avons déjà un pensionnaire.

— Un pensionnaire ?

— Oui. Tony, le commissionnaire, a installé là le vieux Napoléon.

— Napoléon ? Son cheval gris ?

— C'est ça ! Il est si vieux qu'il va finir par mourir ici un de ces jours. Alors, tu pourras prendre son box ; c'est le seul qui soit à peu près utilisable.

— Excusez-moi si j'insiste, madame Dailey, réplique Alec dont la voix trahit l'anxiété, mais je ne vois pas d'autre endroit que votre écurie où loger Black. Ne pouvez-vous pas me laisser l'installer dans une des autres stalles ?

— Il y a bien celle à côté de Napoléon, mais il faut la retaper sérieusement, et je n'ai ni le temps ni les moyens de le faire. Si tu veux y mettre ton cheval, il faudra que tu fasses toi-même les réparations.

— Oh, merci, madame Dailey ! s'écrie Alec. Comptez sur moi pour m'en occuper. Alors, je peux le laisser ici ce soir ?

— C'est d'accord, déclare en souriant la brave

femme. Et, si tu répares bien le box, je ne te prendrai pas cher pour la pension.

— Ça, c'est vraiment épatant ! Vous verrez ! J'arrangerai tout comme il faut !

— Je vais réveiller mon mari qui dort et te l'envoyer. Il t'ouvrira la porte de l'écurie.

— Merci mille fois ! dit Alec qui, revenant en courant vers le van, annonce :

— Elle accepte !

— Parfait, dit son père.

— Tu sais y faire ! s'écrie Joe Russo en riant.

— Attends un peu qu'elle se rende compte du genre de pensionnaire que tu lui amènes ! fait gravement M. Ramsay.

Quelques instants plus tard, Henry Dailey paraît. C'est un petit homme trapu, aussi large que haut, aux jambes fortement arquées. Il n'a pas même pris le temps de rentrer sa chemise dans son pantalon, si bien que les pans battent comiquement au vent. Il s'essuie la bouche du revers de sa main noueuse et, d'une voix retentissante, crie :

— En voilà une histoire !

Il ouvre une lourde grille, qui grince dans le silence de la nuit, et s'avance, éclairé par les phares du camion, dans une cour couverte de gravier ; il fait signe au chauffeur de le suivre. Le véhicule se remet lentement en marche et vient se ranger devant l'écurie.

— Là ! Vous pouvez y aller ! dit Dailey.

Le chauffeur ouvre les portes.

— Te voilà rendu à ton nouveau domicile ! murmure Alec en caressant les naseaux de Black. Allons, viens !

L'étalon se laisse conduire hors du van ; dès qu'il est délivré de son capuchon, il dresse bien haut la tête et s'ébroue joyeusement.

— Regarde-le, papa ! dit Alec. Il se sent déjà chez lui !

Les hommes contemplent sans dire un mot le superbe animal ; Henry, adossé à la porte, examine en connaisseur son nouveau pensionnaire, puis déclare :

— Ma femme m'a dit que tu nous amenais un cheval, petit, mais je ne me serais jamais attendu à voir une bête pareille ! Belle tête, large poitrine, membres solides ! … C'est un vrai crack que tu as là !

Alec fait entrer Black dans l'écurie. Napoléon passe sa vieille tête grise par-dessus la porte de son box ; mais, à la vue du grand pur-sang noir, il la retire et hennit.

— Dois-je le mettre dans la stalle voisine, monsieur Dailey ? demande Alec. Vous ne pensez pas que ce soit risqué, non ? … C'est qu'il lui arrive d'être assez nerveux…

— Bien sûr qu'il faut le mettre là ! réplique Henry. Le vieux Napoléon ne pourra que nous servir à le calmer, tu verras !

Henry va prendre quelques bottes de paille sur un tas qui se trouve au fond de l'écurie et prépare la litière.

— C'est à Tony, explique-t-il. On les lui emprunte ce soir, et il ne dira rien. Tu les lui rendras ces jours-ci. Voilà ! … Amène-le maintenant ! Il manque pas mal de planches pour fermer la stalle et en faire un box, mais tu n'auras pas de mal à arranger ça.

— Merci beaucoup, fait Alec, et comptez sur moi pour m'en occuper.

— Et qu'est-ce que tu vas lui donner à manger, ce soir ? demande M. Ramsay.

— Tony a une réserve de foin et d'avoine, dit Henry. On va s'en servir ce soir, et demain, tu pourras t'entendre avec lui pour le rembourser.

— D'accord, fait Alec.

Il installe Black dans la stalle, assez spacieuse pour être transformée en box ; il se rend vite compte que l'étalon s'y plaît, car celui-ci ne manifeste aucune nervosité pendant que le garçon va et vient pour lui apporter sa nourriture. Lorsqu'il le voit manger de bon appétit, Alec lui fait un peu de pansage, et le vieux Napoléon, fort intéressé, passe sa tête par-dessus le bat-flanc séparant les deux boxes. Black, un peu nerveux tout d'abord, se tourne vers son voisin et renifle fortement, en approchant son nez de celui de Napoléon ; mais ce dernier ne bronche pas. Alec, un instant, craint une bagarre. Mais, au contraire, Black se met à hennir gaiement et son nouvel ami fait de même.

— Qu'est-ce que j'avais dit ? s'écrie Henry en riant. Les voilà déjà copains !

Alec sort de la stalle, plus rassuré qu'il ne l'a jamais été depuis son départ de l'île.

— Je suis rudement content qu'il aime Napoléon ! dit-il. Je vais pouvoir sortir, maintenant. Il faut qu'il s'habitue à se passer de moi !

— Oui, ça a l'air d'aller, répond M. Ramsay. On dirait qu'il se plaît bien ici. Après tout, il n'est pas aussi sauvage que je le croyais.

— Je t'assure qu'il est très facile à manier, papa. Mais il faut qu'il s'habitue aux choses. Il ne devient intraitable que si un incident survient et lui fait peur.

— Eh bien, fiston, nous allons rentrer à la maison, car ta maman doit se faire beaucoup de mauvais sang à ton sujet !

À ce moment, Joe Russo intervient.

— J'ai horreur d'être indiscret, monsieur Ramsay, dit-il. Mais je vous demande la permission de vous accompagner pour entendre le récit de votre fils. Ce doit être sensationnel et je ne serais pas fâché d'en faire un reportage.

— Mais rien n'est plus facile ni plus naturel ! répond le père d'Alec. Je ne demande pas mieux que de vous avoir avec nous, mon garçon ; car vous devez bien penser que, pour ma femme et moi, c'est un vrai jour de fête aujourd'hui !

Après avoir éteint l'électricité, ils sortent tous de l'écurie ; Black hennit une ou deux fois, et Alec reste un instant dans la cour à écouter. Mais il n'entend rien : les chevaux, silencieux, continuent de faire connaissance.

Le van est déjà reparti, en sorte qu'ils s'en vont à pied dans la nuit fraîche. Henry les accompagne jusqu'à la porte du domaine et remet à Alec la clef de l'écurie.

— Tu peux la garder, petit, dit-il. J'en ai une autre. J'ai idée que tu vas venir souvent ici, maintenant.

— Merci beaucoup, monsieur Dailey, répond Alec. Je compte bien venir très souvent, si ça ne vous dérange pas.

— Pourquoi me dérangerais-tu ? C'est bien normal, et tu auras du travail pour tout remettre en état. Mais ne m'appelle pas monsieur Dailey. Pour toi, comme pour tout le monde, je suis Henry. Compris ?

— D'accord, Henry, et merci encore !

À mesure qu'ils approchent de la demeure des Ramsay, Alec presse le pas.

— Hé là, doucement ! dit le père d'Alec. Je n'ai plus mes jambes de vingt ans, tu sais !

— Il marche si vite que moi aussi j'ai peine à le suivre ! Et pourtant je suis encore jeune ! fait Joe.

— Bon ! Eh bien, rendez-vous à la maison ! s'écrie Alec en prenant le pas de course.

Arrivé chez lui, il grimpe le perron quatre à quatre, pousse vivement la porte et court au salon qu'il trouve vide. Il va pour monter au premier étage, quand il entend sa mère l'appeler de la cuisine :

— C'est toi, Alexandre ?

— Oui, Mom, c'est bien moi ! crie-t-il en se précipitant dans la pièce. Ah ! ce que c'est bon de se retrouver à la maison !

Il jette ses bras autour du cou de sa mère et voit qu'elle a les yeux humides.

— Qu'est-ce qu'il y a, Mom ? Pourquoi tu pleures ?

— Ce n'est rien, mon petit. Je suis un peu émue, voilà tout.

Il passe son bras mince et bronzé sous celui, rose et gras, de sa mère, et l'entraîne vers le salon où M. Ramsay vient de faire entrer Joe

Russo. Celui-ci jette un regard admiratif sur le joli mobilier et les lampes aux vastes abat-jour, dont la lumière tamisée achève de donner à cet intérieur son caractère de chaude intimité.

— Pas étonnant qu'Alec ait eu hâte de retrouver une maison comme ça ! dit Joe.

— Tu parles ! fait Alec.

Mme Ramsay prend place sur le divan, tenant toujours son fils par le bras ; son mari s'installe dans son fauteuil favori et se met à bourrer sa pipe.

— Eh bien, nous voici enfin tranquilles, fiston ! Alors, vas-y, raconte-nous tout !

— Voilà ! dit Alec. Quelques jours après notre départ de Bombay, le bateau a fait escale en mer Rouge, dans un petit port d'Arabie…

La pendule placée sur le poste de radio égrène d'innombrables secondes, tandis qu'Alec raconte son aventure. Tout en parlant, il se revoit à bord du *Drake*, apercevant Black pour la première fois. Pris par son sujet, il oublie bientôt que ses parents et Joe Russo l'écoutent. Il se trouve de nouveau dans la tempête, entend rugir l'ouragan, voit les vagues colossales s'abattre sur le navire. Il a encore dans l'oreille le craquement formidable de la foudre portant au cargo le coup de grâce. Puis c'est l'incroyable nuit passée à se faire tirer par Black dans les eaux déchaînées, jusqu'à la petite île providentielle ; il revit les jours où, affamé, il errait à la recherche de sa nourriture, et la découverte de la carragheen qui les a sauvés tous les deux. Il en vient alors à ses premières tentatives pour monter l'étalon, et à la folle mais merveilleuse course à travers l'île, ce premier, cet inoubliable succès. Enfin, c'est le récit de l'incendie grâce auquel ils ont été sauvés, et de leur périlleux embarquement...

Quand il achève, un long silence règne dans le salon. Sa mère, incapable de dire un mot, serre sa main très fort ; le tic-tac de la pendule résonne étrangement et semble répéter : « C'est fini... c'est fini... c'est fini ! ... »

C'est M. Ramsay qui, ayant laissé sa pipe s'éteindre, rompt le silence en déclarant :

— Je ne sais vraiment pas quoi dire, Alec, sinon que c'est Dieu qui t'a sauvé. Pas vrai, Mammy ? ... Nous ne pourrons jamais assez lui rendre grâces !

— Oh, oui ! fait Mme Ramsay. Nous sommes vraiment privilégiés !

— Maintenant, dit Joe Russo, je comprends pourquoi tu es tellement attaché à ce cheval.

— Oui, enchaîne M. Ramsay. Et moi, je te promets, Alec, qu'il aura toujours sa place ici, parmi nous.

— Ah ! gémit son épouse. Si seulement il n'était pas si sauvage, si terrible…

— Il faut que je parte, dit le reporter en se levant. Je tiens à vous remercier infiniment pour m'avoir permis de rester avec vous ce soir. Si je peux faire quoi que ce soit pour vous aider…

— Merci, mon garçon, réplique M. Ramsay qui, se levant, tend la main à Joe. Je suis content d'avoir pu vous faciliter votre reportage. Bonne nuit !

— Bonsoir, monsieur ; bonsoir, madame, et toi, Alec, prends bien soin de ton cheval !

— Tu parles ! dit Alec. Et merci pour tout !

Peu après le départ de Joe, Alec monte se coucher. Les émotions et les fatigues du retour l'ont épuisé, en sorte qu'il ne tarde guère à sombrer dans un profond sommeil. Tout à coup, au milieu de la nuit, il est réveillé par un hennissement strident. Ouvrant avec peine ses yeux lourds, il croit tout d'abord à un rêve, car alentour, tout est silencieux. Mais, une minute plus tard, le hennissement reprend : c'est bien celui de Black.

Alec saute à bas du lit. La pendule de la cheminée marque une heure du matin. Passant sa robe de chambre sur son pyjama, il se précipite hors de la maison et court vers l'écurie. En chemin, il entend encore le cri de l'étalon, et remarque que plusieurs fenêtres s'allument dans les maisons voisines. Black est en train de réveiller tout le monde !

Il trouve l'écurie éclairée ; dès qu'il en a franchi la porte, Black, le reconnaissant, hennit fortement et dresse la tête. Soudain, un gémissement se fait entendre, émanant du box de Napoléon.

— *Dio mio !* dit quelqu'un qu'Alec ne voit pas. *Dio mio !* …

Le vieux cheval gris se tient au fond de son box, le plus loin possible de l'étalon, et regarde Alec d'un air suppliant.

— Holà ! crie Alec. Qui est là ?

Black frappe de son sabot nerveux le sol de sa stalle. Alec voit alors une main glisser en tâtonnant sur la porte du box et l'ouvrir avec précaution ; puis, brusquement, un homme sort comme un bolide et se précipite hors de l'écurie en le frôlant, mais sans même prendre le temps de le regarder. À ce moment, l'étalon recommence à hennir.

— Allons, Black ! s'écrie Alec. Tiens-toi un peu tranquille, veux-tu ?

Courant à la porte, il cherche à découvrir le fugitif dans l'obscurité. Un instant plus tard, il aperçoit Henry qui s'avance vers l'écurie en compagnie d'un autre homme : c'est Tony, le propriétaire de Napoléon. Le pauvre commissionnaire a probablement été terrifié en trouvant un autre cheval à côté du sien. Alec, qui le connaît de vue, lui crie en allant à sa rencontre :

— Bonsoir, Tony ! …

Mais il s'arrête net, car plusieurs voisins, vêtus de robes de chambre passées à la hâte, pénètrent dans la cour ; peu après, une voiture de police y fait aussi irruption et, dans un grand crissement de gravier, stoppe devant l'écurie. Alec, fort ennuyé de ce remue-ménage, se hâte de demander à Tony :

— Pas de mal, j'espère ? …

— Du mal ? réplique Henry à la place de Tony. Il se porte comme un charme ! Mais ton sacré cheval lui a fait peur, voilà l'histoire !

Tony, trop effrayé pour parler, acquiesce d'un signe de tête, tandis que les assistants forment le cercle autour du petit groupe. Quant au policier, il descend de voiture et s'écrie :

— Qu'est-ce qui se passe donc ici ?

— Rien de grave, monsieur l'agent, répond Henry. Cette écurie m'appartient et jusqu'à aujourd'hui je n'avais comme pensionnaire que le vieux cheval de Tony, ici présent. Mais ce soir j'en ai pris un second ; et alors, Tony et lui ont été un peu surpris de se rencontrer. Voilà tout.

— C'est bien ça, Tony ? demande l'agent.

— *Si !* réplique le commissionnaire, d'une voix plus assurée. Napoléon s'est blessé au garrot cet après-midi ; alors je suis venu lui mettre de l'onguent. J'ai trouvé le nouveau cheval dans la stalle voisine, et il a été aussi étonné de me voir que moi de le découvrir là !

L'assistance éclate de rire, et le policier, bon enfant, déclare :

— Eh bien, c'est parfait, s'il n'y a rien qui cloche ici ! À qui appartient ce cheval ?

— À moi ! répond Alec.

— Tu me parais bien jeune, petit, pour posséder un animal faisant un tel tapage !

— Je viens de l'amener à New York, dit Alec ; nous sommes arrivés hier soir ; il est encore un peu nerveux, mais il finira par s'habituer.

— Ça doit être un rude cheval, pour qu'on l'ait entendu de si loin ! J'aimerais bien le voir, si ça ne t'ennuie pas, mon garçon.

— Avec plaisir, dit Alec.

L'assistance, au premier rang de laquelle se trouve Tony, se presse à l'entrée de l'écurie. Avant d'en ouvrir la porte, Alec, se retournant, déclare :

— Excusez-moi, mais je vous demande de ne pas entrer ; s'il voit trop de monde, il va encore s'énerver.

Seuls Henry, Tony et le policier approchent avec Alec de la stalle. Black hennit aussitôt. Napoléon, nullement effrayé, passe la tête par--

dessus le bat-flanc et hennit à son tour en voyant Tony, qui reste prudemment en arrière. Black, nerveux, frappe du pied le sol de sa stalle ; mais Alec, s'approchant de lui, lui caresse longuement la tête et le cheval se calme.

— Quelle superbe bête ! déclare le policier. J'ai toujours eu un faible pour les chevaux depuis que j'ai passé deux ans dans la police montée. Je ne crois pas en avoir jamais vu d'aussi beau que celui-là !

Il reste un long moment à contempler l'animal, puis il reprend :

— Eh bien, puisque tout est en ordre et qu'on n'a pas besoin de moi, je vais rentrer au poste. Bonsoir à tous !

En s'en allant, il emmène avec lui les autres assistants. Tony, qui est resté dans l'écurie avec Alec et Henry, vient s'appuyer à la porte du box de Napoléon et observe avec soin l'étalon. Black tourne la tête vers lui et hennit doucement.

— Il vous aime bien, vous et Napoléon ! dit Alec.

Tony s'approche et tend la main vers les naseaux du pur-sang, mais la retire aussitôt, en voyant Black secouer la tête. Comme Alec et Henry rient, le vieux commissionnaire réplique :

— *Si !* Moi aussi, je l'aimerai bien… dans quelque temps !

Peu après, Alec monte sans bruit l'escalier conduisant à sa chambre. Heureusement, ses parents, qui dorment tous deux, n'ont rien entendu.

Alec se glisse dans son lit ; il est réellement fatigué. La pendule marque trois heures du matin, et il veut retourner à l'écurie dès l'aube, pour soigner Black ! Il laisse tomber sa tête sur l'oreiller et s'endort sur-le-champ.

9

EN FUITE !

Quand Alec se réveille de grand matin, son regard se pose d'abord sur ses diplômes de collège accrochés au mur ; il n'est pas fâché de se retrouver enfin dans sa chambre. Mais à peine a-t-il repris conscience qu'il pense à Black : comment cette nuit mouvementée s'est-elle achevée ? Se tournant vers la fenêtre, il constate que le soleil commence à paraître : en fait, six heures viennent juste de sonner. Il n'a donc guère dormi ; mais au cours des derniers mois, il s'est habitué à se contenter de peu de sommeil. Il a une pensée reconnaissante pour son père, qui l'a autorisé à ne pas aller en classe ce jour-là, en lui disant :

— Que tu manques une journée de plus n'a

pas d'importance, et cela te permettra de te réadapter !

En réalité, Alec sait que son père a surtout voulu lui donner un peu plus de temps pour organiser l'existence de Black. Sautant à bas du lit, il court sur la pointe des pieds à la salle de bains et prend une douche froide ; puis, s'étant vite habillé, il descend sans bruit l'escalier et sort dans l'air frais du matin.

Un grand calme règne dans la ville encore endormie. Les arbres ont déjà revêtu leurs premières dorures d'automne et une forte rosée couvre l'herbe du jardin. Alec se dirige d'un pas allègre vers l'écurie ; il sifflote gaiement et se met à chanter quand il est à bonne distance de sa demeure.

Il trouve la grille ouverte : Tony l'a, sans doute, devancé ! Il court dans l'allée d'entrée et, dès qu'il approche des communs, il entend une belle voix qui chante : « *San-ta Lu-ci-a ! San-ta Lu-ci-a !* » Par la fenêtre ouverte, il aperçoit le petit commissionnaire italien qui, assis sur un tabouret, surveille les deux stalles où les chevaux mangent de bel appétit.

— Bonjour, Tony ! s'écrie-t-il.

Tony tourne vers lui son visage tanné et couturé de rides, qui s'éclaire d'un large sourire.

— Tu vois, petit ! répond-il. Je n'ai plus peur de lui !

— En effet, dit Alec, tout content de cette constatation. Et je suis sûr que vous vous entendrez de mieux en mieux avec Black dans l'avenir.

— Ah ! c'est un grand cheval que tu as là ! Il me rappelle Napoléon dans son jeune temps. Quels nerfs, quelle vitalité ! Quand il m'a vu donner à manger à Napo, il m'a laissé lui apporter aussi une bonne ration !

— Ça, c'est un succès, Tony ! Parce que, d'habitude, personne d'autre que moi ne peut approcher de lui !

— Regarde-les donc !

Napoléon, qui a achevé son repas, passe la tête par-dessus le bat-flanc et essaie d'attraper du foin dans la mangeoire de son voisin. Sans méchanceté, Black lui donne un petit coup de tête, si bien que le vieux cheval recule légèrement, mais sans rentrer tout à fait son encolure dans son box.

— C'est pas tout ça, c'est l'heure d'aller au travail, mon vieux ! dit Tony à son fidèle compagnon.

Il le fait sortir du box et passe rapidement une brosse de chiendent sur la robe grise et terne de l'animal.

— Demain je lui donnerai un bon bain, et tu verras qu'il sera blanc comme neige !

Alec le regarde harnacher Napo et admire le soin avec lequel il place un pansement sur la blessure que le collier a faite au garrot de son cheval. Chose remarquable, Black paraît, lui aussi, fort intéressé par ces préparatifs.

— Donne-moi un coup de main, Alec, tu veux ? demande Tony. Nous sommes un peu en retard ce matin.

Ils attellent tous deux Napoléon à la carriole. Comparé au fougueux étalon qu'Alec a eu tant de mal à conduire en maintes circonstances, le bon vieux cheval de Tony semble un jouet d'enfant. Comme il achève d'attacher un trait, Alec entend soudain Black hennir très fort. Revenant dans l'écurie, il voit que l'étalon a passé la tête dans le box de Napoléon.

— Eh bien, fiston, ça ne va pas ? lui dit-il. Ton nouvel ami te manque ? … Il faut qu'il aille travailler, tu comprends ! … Mais il reviendra ce soir !

Détachant la longe du pur-sang, il le fait sortir de la stalle et le conduit dans la cour, où Tony, qui vient de monter en voiture, lui crie :

— Allons, au revoir, petit ! Il faut que je parte. À ce soir ! Hue ! Napo, hue !

Napoléon lève la tête et hennit en regardant Black, mais refuse d'avancer. Tony secoue violemment ses rênes.

— Eh bien, quoi ? s'écrie-t-il. Qu'est-ce que tu attends, vieux fainéant ? Allons, hue ! On est en retard !

Le vieux cheval secoue la tête, jette un dernier regard vers Black, puis se résigne à partir. L'étalon tire sur sa longe et veut suivre la carriole, mais Alec le retient fortement. Mécontent, Black se cabre, dresse ses oreilles et s'ébroue d'un air coléreux.

— Ça te déplaît de voir partir ton copain ? dit Alec en souriant, tandis que la voiture de Tony s'éloigne dans l'allée, au petit trot de Napoléon.

Quand ils ont disparu, Black se met à tourner autour d'Alec, qui fait glisser la longe pour lui laisser une plus grande liberté de mouvement.

— Tu m'as l'air en pleine forme, mon grand ! reprend le garçon. Eh bien, nous allons faire un tour !

Il le conduit dans le pré qu'un mur clôture entièrement et s'écrie :

— Regarde-moi cette herbe ! Tu vas pouvoir te régaler !

L'étalon se met à brouter goulûment et Alec le laisse faire. Puis, quand Black paraît rassasié, son jeune maître, raccourcissant la longe, l'emmène en courant d'un bout à l'autre du pré.

— Pas trop vite, Black ! Là ! … Doucement !

Trottant et galopant tour à tour, le grand pur-sang règle sans nervosité son allure sur celle d'Alec. Mais celui-ci ne tarde guère à être à bout de souffle et s'arrête.

— Dis donc, mon vieux, qu'est-ce que tu dirais si je te montais un peu maintenant ? fait-il.

Cherchant des yeux un endroit où il pourrait monter sur son cheval, il opte pour le mur et y conduit Black. Sans lâcher la longe, il grimpe sur le mur et, s'en servant comme d'un marchepied, il saute sur le dos de l'étalon, dont il saisit à deux mains le licol.

C'est la première fois qu'il le monte depuis leurs promenades dans l'île. Black reste un instant sans bouger, puis prend le trot. Alec se rend vite compte qu'il peut assez bien diriger sa monture en agissant sur le licol et qu'elle n'a pas oublié ses premières leçons de dressage.

Ils parcourent ainsi tout le pré ; le vent fouette le visage du garçon et le bruit des sabots de l'animal résonne étrangement dans le silence du matin. Les foulées de Black sont si puissantes que le pré semble beaucoup trop petit pour lui. Parvenu à l'une des extrémités, Alec lui fait faire demi-tour et presse l'allure ; il serre les genoux contre les flancs de Black et s'applique à lier intimement les mouvements de son corps à ceux du pur-sang.

À mesure qu'ils progressent, le garçon se sent

plus à l'aise ; passant du trot au galop, il fait faire plusieurs tours de pré à l'étalon, qui, sans agitation, paraît enchanté de pouvoir enfin se dérouiller les jambes. Il n'a ensuite aucune peine à ralentir l'allure, puis à reprendre le trot et enfin le pas. Jamais encore il ne s'est senti aussi heureux ! Il croit rêver. Est-ce vraiment possible qu'il soit ainsi de retour au foyer, et possède un tel cheval ? Oui, ce n'est pas un rêve, et Black lui appartient pour toujours. Il enfouit son visage dans l'opulente crinière noire et, du revers de la main, essuie les larmes provoquées par le vent.

Ramenant Black vers l'écurie, il aperçoit Henry qui, adossé à la porte, l'observe. Il met pied à terre devant lui, sans lâcher la longe.

— Bonjour, Henry ! dit-il en passant la main sur le poitrail de l'étalon. Regardez ! Il n'y a pas trace de sueur ! Quel cheval, Henry ! Il a fait je ne sais pas combien de fois le tour du pré, en galopant comme le vent.

Henry ne répond pas tout de suite ; ses petits yeux gris examinent Black des pieds à la tête.

— Tu penses que je vous ai vus ! finit-il par déclarer. Écoute-moi bien, fiston ! Dieu sait que j'en ai eu, des chevaux, et que j'en ai monté, et des fameux ! … Eh bien, je n'ai jamais, de ma vie, assisté à une démonstration comme celle que tu viens de me faire.

Alec rougit de plaisir et d'orgueil.

— Il est merveilleux, n'est-ce pas, Henry ? … Je n'arrive pas à croire qu'il est vraiment à moi !

L'étalon, détendu, allonge l'encolure et se met à brouter paisiblement.

— Lâche-le, Alec ! dit Henry. Regarde comme il est content !

— Vous croyez qu'il n'y a pas de danger ?

— Non. Il est déjà acclimaté et tu viens de le faire bien travailler. Il faut maintenant qu'il s'habitue à rester seul.

— Vous avez sans doute raison, Henry, dit Alec qui détache la longe du licol.

Dès qu'il se sent libre, Black dresse la tête et ses naseaux frémissent ; puis, faisant un brusque demi-tour, il part au grand trot dans le pré, suivi attentivement des yeux par Alec et Henry.

— C'est la première fois depuis longtemps qu'il se sent libre de ses mouvements, dit Alec.

— Et il n'y a pas de doute qu'il aime ça ! fait Henry, béat d'admiration.

L'étalon s'arrête, se retourne vers eux et hennit doucement.

— Bon sang, ce que j'aimerais le voir sur une piste ! murmure Henry, pensif.

— Vous voulez dire… sur un champ de courses ? demande Alec.

— Oui !

Alec reste un instant silencieux à regarder son cheval galoper tranquillement autour du pré, la tête haute et le nez au vent. Puis il réplique :

— Il faudrait beaucoup de temps pour le dresser, et pour qu'il puisse sans risques participer à une course ?

— Bien sûr. Mais nous avons tout le temps devant nous, pas vrai, Alec ?

— Nous ? s'écrie Alec en tressaillant. Est-ce que vous voulez dire, Henry, que, vous et moi, nous pourrions en venir à bout ?

Henry continue à suivre des yeux le canter de Black, puis il répond, d'une voix calme et grave :

— Sans aucun doute, petit ! … Depuis que j'ai été mis à la retraite, je ne peux pas m'y faire ! … Que veux-tu, je ne suis pas encore assez vieux pour ça ! … J'ai encore bien des années à vivre ! La vie que nous menons ici plaît à ma femme, qui a amplement de quoi s'occuper ; mais moi j'ai besoin de me remuer plus que ça ! Et voilà que tu m'apportes juste ce qu'il me faut. Crois-moi, Alec, fait-il en forçant sa voix, je suis sûr que nous pourrons faire de Black un champion.

Son visage se ride étonnamment et ses yeux se brident au point de se réduire à deux petits traits.

— Je vois bien que vous parlez sérieusement, Henry, dit Alec. Mais comment ? …

Le vieil homme l'interrompt du geste et le prend par le bras.

— Bien sûr que je parle sérieusement, mon gars ! Je sais ce que je dis et je connais les chevaux, tu peux me croire ! Viens avec moi ! Je vais te montrer quelque chose !

Henry le mène au fond de l'écurie ; il s'agenouille devant une vieille malle et, sortant une clef de sa poche, il l'ouvre. Elle est entièrement remplie de trophées et de coupes en argent. Henry plonge la main dans ce fouillis et en sort un grand album.

— Ça, dit-il, c'est l'œuvre de ma femme. Elle l'a même commencée avant notre mariage !

Il feuillette les pages jaunies sur lesquelles sont collées des coupures de journaux, et Alec, agenouillé près de lui, peut lire au passage de gros titres tels que :

DAILEY MÈNE CHANG À LA VICTOIRE DANS LE « SCOTT MEMORIAL » – DAILEY ENLÈVE AVEC SON CRACK LES 50 000 DOLLARS DU « FUTURITY » – LES TURFISTES FONT UNE OVATION À DAILEY, LE MEILLEUR JOCKEY DE TOUS LES TEMPS.

Henry cesse tout à coup de tourner les pages et montre du doigt une photographie :

— Ça, fiston, dit-il, c'est le plus beau jour de ma vie, celui où j'ai gagné avec Chang le « Kentucky Derby ». Tu n'aurais jamais cru que ce petit bonhomme-là, c'est moi, pas vrai ?

Alec, se penchant, examine la photo. Elle représente un jeune garçon, souriant jusqu'aux oreilles, et montant un grand et puissant alezan ; un immense fer à cheval de roses a été passé sur l'encolure du vainqueur. Néanmoins, Alec remarque les mains fortes et noueuses ainsi que les larges épaules du petit jockey.

— Si, répond-il, c'est bien vous ! Je vous aurais reconnu !

Henry sourit et fouille de nouveau dans la malle ; il en sort cette fois ce qui paraît à Alec un tas de branches mortes ; mais elles ont la forme d'un fer à cheval.

— C'est ça qu'on a mis autour du cou de Chang, ce jour-là ! dit Henry. Il n'en reste plus grand-chose, mais pour moi, ça en représente, des souvenirs !

Il remet les fleurs fanées dans la malle et reprend :

— Quand j'ai été trop lourd et trop vieux pour continuer à monter en course, je suis devenu entraîneur. C'est à ce moment-là que je me suis marié, et on a été très heureux. On a eu deux enfants, des filles ; elles sont mariées maintenant. Ce qui m'a toujours manqué, c'est un fils, un gars comme toi, petit, qui aurait aimé les chevaux, et qui m'aurait succédé dans le métier. Parce qu'il n'y a rien de plus passionnant au monde que de se ranger devant la ligne de départ, avec un grand crack entre les jambes ! … Bref, comme entraîneur, j'ai eu aussi de beaux succès et gagné pas mal d'argent. Seulement, un beau jour, ma femme a trouvé que le moment de la retraite était venu. Je ne lui en ai pas voulu, parce qu'évidemment elle ne me voyait pas beaucoup : j'étais toujours avec mes chevaux, à l'écurie, à l'entraînement, ou aux courses. Elle n'avait pas cette passion dans le sang, comme moi. On a vécu dans pas mal de coins différents, et puis finalement, on s'est installés ici. Il y a deux ans que je n'ai plus été aux courses, et je t'avoue que je ne peux plus supporter cette privation.

Il s'interrompt, réfléchit un peu, puis déclare :

— Vois-tu, petit, si je te raconte tout ça, c'est pour te montrer que je peux dire, sans me tromper, si un cheval est bon ou s'il ne vaut rien. Eh bien, foi de Henry, je te garantis que nous pouvons faire de Black le plus grand crack qui ait jamais galopé sur un champ de courses.

Cela dit, il ferme l'album d'un coup sec et le

remet dans la malle. Puis, se relevant, il pose sa main trapue sur l'épaule du garçon et lui demande :

— Alors ? … Qu'est-ce que tu en dis, mon gars ? … Tu marches ? …

Alec le regarde, un peu interloqué, puis il jette un coup d'œil, par la porte ouverte, vers Black qui broute calmement dans le pré.

— Ce serait formidable, Henry ! murmure-t-il. Moi aussi, je suis convaincu qu'il est de taille à courir contre les plus grands cracks, à condition que nous l'empêchions de les attaquer et de se battre.

— Ce sera dur, et nous aurons du mal, Alec ! Mais ça vaut la peine ! Pense un peu au jour où il dévalera à toute allure vers le poteau !

— Mais où pourrons-nous l'entraîner, Henry ?

— Nous ne pourrons presque rien faire avant le printemps. Il faudra utiliser l'hiver pour l'apprivoiser et l'habituer à la vie domestique. Tu le monteras dans le pré et je t'apprendrai tous les trucs du métier. Je ne crois même pas qu'il y aurait intérêt à le dresser à la selle et à la bride : mieux vaut attendre le printemps pour ça. À ce moment-là, nous aurons beaucoup moins de peine à lui faire accepter le harnachement. Ensuite, je me débrouillerai pour l'entraîner à Belmont : c'est à partir de ce stade-là que le travail deviendra sensationnel, tu verras !

— C'est un programme qui me paraît merveilleux, Henry ! Et pensez-vous que je serai capable de le monter moi-même en course ?

— Ou je me trompe fort, réplique Henry en souriant, ou ce cheval-là ne laissera jamais personne d'autre que toi le monter, Alec !

Comme ils s'apprêtent à sortir de l'écurie, un avion volant très bas passe au-dessus d'eux, dans un bruit de tonnerre.

— En voilà un qui va un peu fort ! s'écrie Alec. J'ai bien l'impression qu'il est en panne !

Ils se précipitent dans la cour, pour apercevoir un monoplan, dont le moteur pétarade, mais qui reprend de la hauteur, faisant dans le silence matinal un vacarme assourdissant.

— Il s'en tire ! dit Henry.

Mais Alec ne s'occupe plus de l'avion. Il vient d'entendre, dominant le tintamarre, le hennissement perçant de Black. Courant vers le pré, il voit l'étalon se dresser sur ses postérieurs, puis foncer à plein galop vers le bout du champ ; sa longue crinière flotte derrière son encolure, comme des volutes de fumée tourbillonnant dans le vent.

— Tonnerre ! s'écrie Henry. L'avion l'a affolé ! Il va se tuer contre ce mur !

— Le mur ne l'arrêtera pas, Henry !

— Jamais il ne pourra sauter ça !

— Regardez ! hurle Alec.

L'étalon ralentit à peine en arrivant à l'obstacle ; il rassemble ses membres et, d'un bond aussi aisé que formidable, il vole littéralement par-dessus le mur, comme s'il avait été propulsé par la détente de quatre gigantesques ressorts.

— Fantastique ! s'exclame Henry. Ça fait au moins deux mètres qu'il vient de sauter ! Viens vite, petit. Il faut aller le chercher, maintenant !

Ils courent tous deux jusqu'à la clôture ; Alec y grimpe et aperçoit son cheval qui, déjà loin, disparaît peu après derrière un rideau d'arbres.

— Je vais chercher ma voiture, dit Henry. Toi, tâche de voir de quel côté il a filé. Je te rejoins dans un instant.

— Il a pris la direction du parc ! crie Alec en sautant du mur dans la rue.

Quelques minutes plus tard, Henry rattrape son jeune ami qui, courant à perdre haleine, n'a pas réussi à retrouver la piste de l'étalon.

10

POURSUITE

Pendant une demi-heure, Alec et Henry cherchent vainement le fugitif et parcourent en tous sens les rues de la ville.

— Encore heureux qu'il soit de bonne heure ! grommelle Henry, crispé sur son volant. Il n'y a pas trop de monde dehors !

— Quelle heure est-il donc ? réplique Alec, qui fouille du regard les alentours.

— Sept heures, fait Henry, en consultant un gros chronomètre qu'il sort de son gilet.

— Pourvu qu'on le retrouve avant qu'il ne soit trop tard !

— Que veux-tu dire ?

— J'ai peur que les flics tirent dessus ! Ah, ce serait trop horrible !

Henry accélère encore et la voiture bondit sur les pavés. Ils arrivent à la lisière du parc. Deux hommes discutent sur le trottoir.

— Arrêtons-nous là, Henry ! dit Alec. Ces types-là m'ont l'air assez agités. Peut-être qu'ils l'ont vu ! … Pardon, messieurs ! crie-t-il en se penchant à la portière. Vous n'avez pas vu un cheval noir échappé par ici ?

— Pour sûr ! réplique l'un d'eux. Il nous est passé comme une flèche devant le nez, il n'y a pas dix minutes ! D'où est-ce qu'il sort donc, cet animal ?

— Merci bien ! dit Alec, sans prendre la peine de répondre à la question.

— On est sur la bonne voie en tout cas ! murmure Henry, qui commence à ralentir dans les allées du parc. Regarde bien de ton côté, petit ! Moi je me charge du mien !

— C'est immense, ce parc ! fait Alec, d'un air découragé.

— Tant mieux ! Comme ça, il y a moins de chances qu'il y provoque des accidents !

Ils parcourent en vain nombre d'allées plantées d'arbres et finissent par arriver au terrain de golf.

— Ça ne m'étonnerait pas qu'il soit entré là, dit Alec. Il y a pas mal de collines et c'est assez sauvage. C'est exactement ce qu'il lui faut.

— Bon ! fait Henry. Eh bien, nous allons laisser la voiture ici et partir à pied à sa recherche !

Malgré sa petite taille, Henry marche si vite qu'Alec doit courir pour le suivre ! L'air, encore vif et frais, ne va pas tarder à se réchauffer à mesure que le soleil monte dans un ciel immuablement bleu. La rosée est si forte que bientôt les deux amis ont les pieds trempés.

— Il va faire chaud, aujourd'hui, grommelle Henry sans ralentir son pas.

— Pourvu que nous le trouvions avant l'arrivée des joueurs, réplique Alec, quelque peu essoufflé.

Parvenu à peu près au centre du terrain, Henry s'arrête :

— Va donc voir du côté du bois, là-bas ! dit-il. Moi, je vais grimper sur la colline, en face. Celui de nous deux qui aura trouvé Black criera pour appeler l'autre.

— Entendu ! fait Alec.

Il se hâte dans la direction indiquée. L'eau, pénétrant dans ses souliers, gêne sa marche. Il atteint bientôt un grand ravin, dans lequel il descend ; arrivé au fond, il le parcourt pendant quelques centaines de mètres, et se trouve dans une vaste futaie. Il grimpe sur les bords du ravin, mais n'aperçoit pas son cheval. Au-delà de la futaie, il se rappelle qu'il y a un autre parcours ;

il connaît bien le golf, car à maintes reprises il a servi de caddie à des joueurs pendant l'été.

Mais il a beau écarquiller les yeux et scruter au loin le long tapis vert qui s'étend à ses pieds, c'est en vain. Black demeure invisible. Alec siffle, appelle, crie, mais aucune réponse ne lui parvient. Reprenant sa marche, il traverse les links et s'enfonce de nouveau dans le bois.

Il cherche pendant des heures, grimpant sur les collines, descendant dans les ravins, tandis que le soleil devient de plus en plus chaud. Désespéré, il ôte son chandail blanc et, du haut d'une éminence, cherche s'il n'aperçoit pas Henry ; mais il ne voit que des joueurs qui commencent une partie. Il siffle de nouveau et écoute : rien ne lui répond.

Après tout, peut-être l'étalon n'est-il pas entré dans le parc et se cache-t-il dans quelque coin de la ville ? … Mais non ! Black est bien trop intelligent pour rester dans les rues ! Son instinct a dû le guider vers le parc. Il est sûrement là ! … Il faut chercher, chercher encore !

Redescendant une colline, il réfléchit et se rappelle soudain qu'après avoir fait le caddie toute la journée, il allait souvent, avec ses camarades, piquer une tête dans un étang qui se trouve à l'écart, en dehors des links. Peut-être qu'instinctivement Black s'est dirigé du côté de l'eau.

De toute manière, il faut y aller et ne laisser échapper aucune chance de le retrouver. Passablement las, Alec prend donc le chemin, fort embroussaillé, qui conduit à l'étang. Heureusement l'ombre y est épaisse et l'air beaucoup plus frais. Après une dernière côte abrupte, il atteint enfin les hauteurs dominant la pièce d'eau et regarde avidement à ses pieds ; l'étang n'est pas grand, guère plus qu'une mare, et si Black se trouvait à proximité, il aurait dû le voir. Mais il n'en aperçoit aucune trace.

Dans l'absolu silence du bois, il n'entend que les coups de bec saccadés d'un pivert. Complètement découragé cette fois, il s'assoit et laisse errer son regard autour de lui. En venant là, il a joué sa dernière carte ; cet endroit est sans aucun doute désigné pour que Black s'y réfugie ; il n'y a pas d'autre pièce d'eau à des kilomètres à la ronde. Et pourtant, le fugitif ne s'y trouve pas.

Se relevant, il descend d'un pas lourd jusqu'au bord de l'eau. Qu'est-il arrivé à son cheval ? A-t-il été renversé par un camion ou tué par un policier, à coups de revolver ? … C'est inadmissible, impensable… Peut-être Henry l'a-t-il trouvé ?

Un craquement sec retentit soudain à sa droite, près de la mare. Il sursaute et se précipite dans la direction d'où vient le bruit. Un autre craquement significatif l'avertit qu'un animal cherche à s'approcher de l'étang à travers les épaisses broussailles du taillis. Il s'arrête, le cœur battant, osant à peine espérer que Black va surgir. En l'absence de tout sentier, les buissons sont si denses en cet endroit qu'il semble impossible à toute créature de les traverser.

Cependant les craquements se répètent et redoublent d'intensité, et tout à coup une grande masse noire troue les broussailles ! C'est Black qui, d'un bond, atteint le bord de l'étang, où il se met à boire goulûment.

Alec, paralysé par l'émotion, le laisse faire, puis siffle. L'étalon relève brusquement la tête, laissant l'eau s'égoutter de sa bouche, et regarde le garçon. Alec siffle de nouveau, puis court vers son cheval. Dès qu'il le voit approcher, Black secoue la tête et hennit très fort. Alec ralentit et fait sans hâte les derniers pas qui le séparent du pur-sang.

— Eh bien, mon vieux, qu'est-ce qui s'est passé ? Tu as eu peur ? dit-il.

L'étalon s'ébroue puis fait quelques pas à la rencontre de son maître. Il est couvert de boue de la tête aux pieds et sa crinière est pleine de brindilles. Alec flatte doucement les naseaux humides et frais.

— Tu t'es fait du mauvais sang, mon pauvre grand ! lui dit-il en caressant l'encolure et commençant à ôter les brindilles. Ah ! ce que je suis content de t'avoir retrouvé !

L'étalon s'écarte de lui et, trempant de nouveau son nez dans l'étang, boit à grands traits. Quand il a fini, Alec saisit son licol et lui dit :

— Eh bien, maintenant, il faut venir, mon vieux ! Il est temps de rentrer, tu ne crois pas ?

Mais Black refuse de bouger. Le garçon continue de lui parler d'une voix douce et de le caresser ; le cheval n'en reste pas moins planté sur ses membres, fort peu décidé à obéir. Alec tire sur le licol. Black roule des yeux méchants et secoue la tête, puis il cède et se met docilement en marche.

Alec le conduit à travers bois jusqu'aux prochains links. Là, il s'arrête et lui dit :

— Dites-moi, mon cher, ça ne vous fatiguerait pas trop de me ramener à la maison ? Je suis plutôt claqué, figurez-vous ! Ce n'est pas une petite affaire que de vous donner la chasse, vous savez !

Un gros tronc d'arbre récemment abattu lui sert de marchepied, et, un instant plus tard, il se retrouve, tout heureux, sur le dos de son cheval.

— Allons-y maintenant ! ... En route ! s'écrie-t-il.

Tantôt au pas, tantôt au petit trot, ils s'en vont ainsi jusqu'au rond-point où Henry et Alec se sont séparés. Alec a hâte de quitter les links, car il craint le mécontentement des joueurs et des gardiens. Heureusement, il ne tarde guère à apercevoir Henry qui vient à sa rencontre.

— Je commençais à y renoncer, dit le vieux jockey en rejoignant son ami.

— Et moi aussi, fait Alec. C'est à ce moment que je l'ai trouvé, près de l'étang.

— Tu sais ce qu'il a fait, le brigand ? Eh bien, je vais te le dire : il s'est roulé dans la boue !

— C'est bien possible ! Ce qui est certain, c'est qu'il s'est donné du bon temps, pas vrai, vieux ?

— Et ces brindilles ! Il a été chercher les endroits les plus broussailleux de tout le parc, ma parole !

— Quelle heure est-il, Henry ?

— Presque neuf heures ! Il est plutôt temps de rentrer !

Pour la première fois de la matinée, Alec se rend compte qu'il n'a pas encore pris son petit déjeuner et que ses parents ignorent où il est. Sa mère doit s'inquiéter, et, pour sa première matinée à la maison, il est en retard !

— Je vais me faire attraper ! dit-il.

— Et moi donc ! réplique Henry, Si tu crois que la patronne va me faire des compliments, tu te trompes ! Je lui avais justement promis d'aller au marché à sa place. Qu'est-ce que je vais prendre ! Maintenant, il est trop tard…

Alec met pied à terre et ils sortent tranquillement du golf. Peu après, ils retrouvent la voiture.

— Je vais rentrer très lentement, dit Henry, et tu me suivras, en le tenant en main.

Une demi-heure plus tard, ils atteignent l'écurie sans incident et l'étalon paraît satisfait de la reconnaître.

— Il va me falloir doubler la hauteur du mur de clôture, déclare Alec.

— Ça, il n'y a pas de doute, sans quoi nous passerons notre temps à lui courir après !

Black est réinstallé dans son box et Alec lui dit :

— Je te laisse là pour la journée, mon vieux !

— Pour sûr ! dit Henry. Il a suffisamment fait d'exercice et moi aussi ! …

— À qui le dites-vous ! Je n'en peux plus et je meurs de faim. Je reviendrai plus tard pour lui faire son pansage.

— O.K., mon gars. Je te reverrai sûrement… à moins que la patronne ne me boucle !

Il rentre chez lui, pendant qu'Alec met du foin dans la mangeoire de son cheval.

— Voilà de quoi t'occuper jusqu'à mon retour ! fait-il en flattant l'étalon. Et tâche d'être un peu sage maintenant !

Comme Black, pour toute réponse, frappe nerveusement le sol de la stalle, Alec ajoute :

— Tu feras bien de te tenir tranquille ! Parce que ça suffit pour une journée, tu ne crois pas ?

Alec ferme la porte de l'écurie et reprend le chemin de sa demeure. Au moment où il rentre chez lui, il entend sonner neuf heures et demie.

— C'est toi, Alec ?

La voix de sa mère, dans la cuisine, trahit son anxiété.

— Oui, maman, répond-il en venant la rejoindre. Papa est parti travailler ?

Il fait une drôle de grimace en humant l'arôme appétissant des galettes grillées et des saucisses.

— Oui, dit Mme Ramsay. Il aurait bien voulu te voir, mais il ne pouvait pas attendre plus longtemps. Où diable as-tu été, toute la matinée ? Et dans quel état te voilà !

— J'ai été faire travailler Black, Mom !

Il hésite à raconter l'escapade de l'étalon, et décide de ne pas en parler : cela ne ferait qu'accroître les soucis de sa mère, et puisque le cheval est retrouvé, tout maintenant rentre dans l'ordre.

— Cet animal te prend vraiment beaucoup de temps, mon enfant ! réplique Mme Ramsay. Je me demande comment tu vas faire, quand tu retourneras au collège.

Alec s'assoit à la table et répond :

— Je me lèverai de bonne heure, Mom, tous les matins, pour aller lui faire son pansage et lui donner à manger avant d'aller en classe.

Ses souliers trempés le gênent affreusement. Il s'efforce, non sans peine, de dénouer ses lacets, sous la table, sans que sa mère le remarque.

— Quand il fera beau, reprend-il, je le laisserai brouter dans le pré toute la matinée. Pendant ce trimestre, mes cours auront tous lieu le matin et je sortirai de classe à midi et demi. J'aurai donc tout le temps de m'occuper de Black l'après-midi.

Ayant enfin réussi à ôter ses souliers et ses chaussettes, il passe ses pieds nus derrière les montants de sa chaise.

— Je ne veux pas que tu négliges tes études, Alec, lui dit sa mère. Si je m'aperçois que tu ne travailles plus comme il faut, je serai obligée d'avertir ton père et nous prendrons d'autres dispositions au sujet de ton cheval.

— Il ne m'empêchera pas de travailler, maman, réplique le garçon, tout en beurrant les galettes que sa mère a placées devant lui.

La vie allait reprendre son cours normal, dans la mesure, bien entendu, où Black le permettrait.

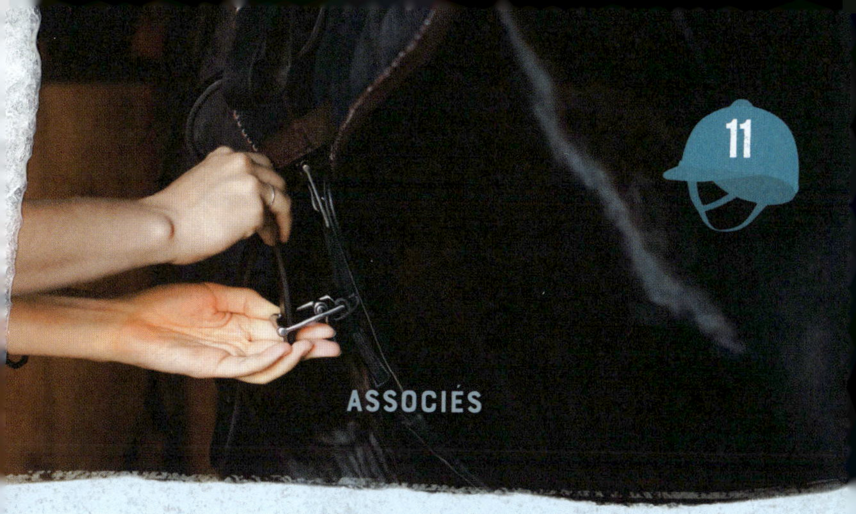

11

ASSOCIÉS

Le reste de la journée s'écoule vite pour Alec. Dès qu'il a pris son petit déjeuner, il s'empresse d'aller dans sa chambre, pour mettre des vêtements secs. Puis il redescend au salon où il passe un long moment avec sa mère, à lui raconter plus en détail ses aventures et son séjour aux Indes, rendu si agréable par son oncle Ralph. Dans l'après-midi, il procède à un pansage en règle de Black, dont il brosse la robe jusqu'à la faire reluire comme de la soie ; il démêle la longue crinière et lave chacun des membres avec le plus grand soin. Il achève ce long travail quand Henry vient le rejoindre.

— J'ai nettoyé mon grenier ! grommelle l'arrivant.

Il porte sous son bras un gros paquet, enveloppé dans des journaux, qu'il pose par terre.

— Viens voir ce que j'ai retrouvé, petit ! dit-il.

Tandis qu'il déballe son colis, Alec s'accroupit à côté de lui. Des journaux jaunis par le temps, Henry retire une petite selle de course et une bride, qu'il lève délicatement à hauteur de ses yeux. Il les contemple sans dire un mot, comme une sorte de relique vénérable. Puis il les repose sur le sol et fouille de nouveau dans les vieux papiers. Cette fois, il en sort une toque et une casaque de jockey en soie verte et brillante, ainsi qu'une culotte de cheval jadis blanche et une paire de fines bottes noires.

Quand tout cet équipement est étalé devant eux, Henry lève vers Alec un regard ému et lui dit :

— Tu vois, tout est là ! Rien ne manque, pas même mon dernier brassard !

Soulevant un peu la casaque, il montre du doigt le chiffre 3 qui figure sur le brassard cousu à la manche droite.

— Il me semble que c'était hier ! murmure-t-il. Je portais ce numéro-là dans la dernière course où j'ai monté ! …

Il s'interrompt, mais Alec se garde de lui répondre. Il se rend compte que Henry, absorbé dans ses souvenirs, revit en pensée cette heure exceptionnelle. En effet, le vieux jockey reprend, comme se parlant à lui-même :

— Les uns derrière les autres, nous avons fait un petit canter d'essai pour nous rendre à la ligne de départ. Jamais encore on n'avait vu une foule pareille à l'occasion de la « Preakness Cup ». Tout le monde avait joué Chang, naturellement : c'était le plus grand crack de l'époque. Quand nous nous sommes alignés pour prendre le départ, les gens hurlaient. Les autres chevaux ne tenaient pas en place. Mais rien de tout cela ne troublait Chang ; il a laissé ses camarades faire les fous, et il a attendu bien sagement le signal. Pour moi, je sais une chose, c'est que, dès l'instant même du départ, je n'ai plus vu un seul de mes concurrents. Chang a fait un bond formidable, aussitôt qu'il a vu la piste libre ; je l'ai laissé filer, il a mené la course de bout en bout et a gagné de trois longueurs.

Henry passe le revers de sa main sur ses yeux, puis il dit d'une voix plus grave :

— C'est seulement au moment où il s'est arrêté qu'il a tout d'un coup été saisi d'un grand tremblement. Il a chancelé sur ses membres et vainement essayé, pendant quelques secondes, de rester debout, et puis il s'est écroulé, mort. Les vétérinaires n'ont jamais pu dire ce qui l'a tué ; ils ont parlé d'une embolie, ou de quelque chose dans ce genre-là. Moi, je n'ai jamais su quoi penser de ce drame. Tout ce qui m'importait, c'était que Chang avait disparu. Mais, dans cette dernière course, il a établi le record du monde de vitesse que, depuis lors, aucun cheval n'a pu égaler !

Il s'interrompt encore et tourne son regard vers l'étalon noir.

— Je n'avais jamais pensé, jusqu'à maintenant, que je verrais un jour un autre cheval capable de battre le record de Chang… non… jamais !

Black passe la tête par-dessus la porte de son box et hennit gaiement, comme s'il avait compris. Henry refait un paquet de la toque et de la casaque, puis il va le ranger dans la malle aux trophées. Il revient alors vers Alec et, le fixant gravement de ses yeux clairs, il lui déclare :

— Il n'y a qu'un obstacle à notre projet de faire courir Black, Alec !

— C'est son caractère sauvage ? …

— Non, ce n'est pas ça ! D'ici le printemps, on doit pouvoir le calmer et le discipliner. Mais je viens d'apprendre par les journaux comment tu as eu ce cheval. Tu ne m'en avais encore rien dit.

— Je n'en ai pas eu le temps, Henry ! Je comptais le faire aujourd'hui. Mais en quoi est-ce un obstacle ?

— Parce que tu ne connais pas ses origines ;

or, pour être autorisé à courir, un cheval doit être enregistré à l'annuaire des chevaux pur-sang.

Alec sent comme un malaise l'envahir ; il en est un peu surpris, car cela lui prouve que déjà il fond sur Black des espoirs plus grands qu'il ne se l'est avoué.

— Pensez-vous, Henry, qu'il nous faudra découvrir ses origines avant de pouvoir l'engager dans une course ?

— J'en ai peur, mon petit, répond le jockey d'un air préoccupé. Ne vois-tu aucun moyen de te procurer ce renseignement ?

— Je ne sais pas, Henry ! … Tout ce que je connais, c'est le nom du port d'Arabie où on a embarqué Black. Mais le *Drake* s'est perdu corps et biens et on n'a sûrement aucune chance de retrouver les papiers du bord.

Henry réfléchit un moment, puis déclare :

— Je vais écrire un mot à un de mes amis qui travaille au Jockey Club. Peut-être qu'il trouvera un moyen de nous aider.

— Pourvu que vous disiez vrai, Henry ! s'écrie Alec.

— Nous avons tout l'hiver pour essayer de découvrir la clef de ce mystère, dit Henry. Il se peut qu'en partant du port où on a embarqué Black il y ait un moyen de retrouver sa trace. Ça me paraît incroyable qu'un cheval de cette valeur n'ait pas été enregistré quelque part ! Allons ! fait-il en se dirigeant vers la porte. Il faut que j'aille retrouver ma femme ; sans ça, elle va venir me chercher !

Cependant, avant de sortir, il fouille dans sa poche et en sort un bout de papier.

— J'ai écrit là ce qu'il faut pour Black, Alec ! Quand tu auras fini, tu iras commander du fourrage et de l'avoine chez le marchand de grains. Nous ne pouvons pas laisser ce grand gourmand manger toute la nourriture de Napoléon, pas vrai ?

Il plonge de nouveau la main dans sa poche et déclare :

— Du moment que nous allons travailler ensemble, il est juste que je participe aux dépenses. Allons, prends ça, petit !

— Mais ce n'est pas la peine, Henry ! Papa va me donner de l'argent toutes les semaines, pour le travail que je fais à la maison.

— Tant mieux ! fait Henry en souriant. Parce que nous aurons beaucoup à dépenser, Alec. Ça coûte cher de former un champion, tu sais, et nous ne pouvons pas lésiner sur la nourriture de Black. C'est bien pour ça qu'il faut que, toi et moi, nous travaillions comme deux associés. Prends cet argent et va vite au magasin.

Alec regarde tour à tour le vieux jockey et l'étalon ; puis il accepte l'argent et le met dans sa poche en souriant.

— Henry ! dit-il. C'est vraiment sympa !

— Et à partir de maintenant, tu me diras « tu ». Des associés, ça ne se vouvoie pas !

Le lendemain matin, Alec retourne au collège ; quand il en sort, à midi et demi, ses deux meilleurs camarades, Whiff Sample et Bill Lee, le harcèlent de questions.

— Qu'est-ce que c'est que cette histoire de naufrage ? demande Whiff.

— Oui ! C'était dans les journaux d'hier ! enchaîne Bill. Et ils disent que tu as ramené un cheval !

— C'est la vérité ! répond Alec. Si vous ne me croyez pas, venez avec moi et je vous le montrerai. Je vais de ce pas à l'écurie.

— Sûr qu'on va y aller ! s'écrient les deux garçons.

En arrivant aux communs, ils y trouvent Henry.

— Salut, Henry. Comment ça va ? fait Alec.

— Ah ! tu as déjà amené du public, Alec ! grommelle le jockey.

Whiff et Bill contemplent, béats d'admiration, l'étalon qui broute dans un coin du pré.

— Tu parles d'un crack ! disent-ils.

Black, ayant entendu la voix de son maître, dresse la tête et hennit. Alec lui répond en le sifflant. Aussitôt le cheval, les oreilles bien droites, revient vers l'écurie au petit galop ; Alec se porte à sa rencontre, cependant que ses camarades restent prudemment en arrière avec Henry.

Quand Black voit les nouveaux venus, il hésite, hennit un peu, et repart au trot vers le pré. Whiff et Bill, sans même y être invités, vont se cacher dans l'écurie, d'où ils observent l'étalon par la fenêtre.

— Tu te rends compte ! murmure Bill.

— Je n'ai jamais vu de cheval aussi grand et ayant l'air aussi terrible ! répond Whiff.

Black fait au galop le tour du pré et revient à fond de train vers Alec qui continue à avancer dans le champ.

— Tu ferais mieux de revenir, Alec ! s'écrie Henry. Au train dont il galope, tu risques d'attraper un mauvais coup !

L'étalon fonce à toute allure sur le garçon ; à cinq mètres de lui, il oblique et l'évite de justesse. Puis, il repart à plein galop au bout du pré, fait demi-tour près du mur, et revient droit sur Alec, qu'il frôle, comme la fois précédente.

— Je t'assure que tu ferais mieux de ne pas rester là, Alec ! répète Henry.

— Mais non, Henry. Il s'amuse ! Nous faisions

ça tous les jours, dans l'île ! C'est un peu comme si on jouait à chat perché !

— Tu parles d'un jeu ! grommelle Henry, qui continue à observer le manège des deux amis.

Alec court vers Black et s'arrange pour le coincer dans un angle du pré. L'étalon piaffe, pointe, se jette d'un côté puis de l'autre, tandis que le garçon continue d'avancer vers lui à pas lents, les bras écartés. Black s'ébroue et baisse la tête, si bien que sa longue crinière lui couvre les yeux. Brusquement, Alec court vers lui ; mais le cheval fait un rapide écart, et parvient à s'échapper, non sans recevoir d'Alec, au passage, une forte claque sur la croupe. Arrivé au milieu du pré, le pur-sang s'arrête, se retourne vers Alec et secoue vigoureusement la tête.

— Quelle paire ! murmure Henry.

Cet étrange jeu continue longtemps, pour le plus grand plaisir du vieux jockey, qui, petit à petit, commence à comprendre la mystérieuse entente unissant l'un à l'autre ce garçon, encore un enfant, et ce farouche animal. Quand Alec vient le rejoindre, sa chemise est trempée de sueur et ses yeux bleus brillent intensément.

— Tu as vu, Henry ? s'écrie-t-il tout joyeux. Il voulait jouer, voilà tout ! Regarde-le ! Est-ce que tu as jamais vu quelque chose d'aussi magnifique ?

Black a pris le galop et s'offre, à bonne allure, quelques tours de pré. Sa crinière et sa queue flottent gracieusement au vent et, quand il passe près des deux amis, ses puissantes foulées ébranlent le sol. Il finit par s'arrêter à l'autre bout du champ et, tourné vers l'écurie, il demeure immobile, véritable statue vivante.

— Non ! dit alors Henry, d'une voix émue. Je n'ai jamais vu son pareil ! … Il est unique ! … Il surclasse même Chang ! … J'ai écrit à mon ami du Jockey Club ; je lui ai tout expliqué, et demandé de trouver à tout prix les origines de Black. Car je ne peux pas me tromper, Alec ! C'est un pur-sang, du bout du nez au bout de la queue ! Alors, il doit bien être inscrit quelque part ! …

— Combien de temps faudra-t-il, à ton avis, pour obtenir une réponse ?

— Je pense qu'en tout cas on me donnera un avis sur la question avant la fin de la semaine.

— Pourvu que ce soit une bonne réponse, Henry !

— Je le souhaite autant que toi, petit ! … Je crois que, maintenant, tu peux le ramener à l'écurie ; il a assez galopé comme ça. Et puis, nous nous occuperons de surélever le mur, pour que la petite plaisanterie d'hier ne risque plus de se renouveler !

Alec siffle et Black vient aussitôt à lui au grand trot. Alec saisit son licol et lui caresse le chanfrein. Comme il le conduit vers l'écurie, il entend crier :

— Hé, Alec, attends un peu ! Ne l'amène pas ici tant que nous ne sommes pas sortis !

— Par exemple ! s'exclame le garçon. J'avais complètement oublié Whiff et Bill ! Ils sont encore là. Eh bien, sortez donc, les gars ! Ne vous en faites pas ! Je le tiens !

Black hennit à la vue des garçons, qui se glissent peureusement hors de l'écurie et, sans demander leur reste, s'en vont à grands pas. Alec les regarde du coin de l'œil, en souriant malicieusement, et dit à Henry :

— J'ai idée que, maintenant, ils me croient !

Ce soir-là, après dîner, Alec retourne à l'écurie. Tony a déjà fait la litière et le pansage du vieux Napoléon ; celui-ci passe sa tête par-dessus le bat-flanc et s'efforce d'attraper un peu de foin dans la mangeoire de Black, qui s'amuse de temps en temps à lui donner de petits coups de tête. Alec ne se lasse pas d'assister avec un étonnement croissant à l'amitié que Black porte à Napoléon. Il ne craint plus désormais de quitter l'étalon, car, tant que le vieux cheval de trait lui tient compagnie, le pur-sang demeure tranquille. Il nettoie rapidement la litière, éteint la lumière et rentre chez lui, l'esprit en repos.

Des jours, des semaines et des mois passent, pendant lesquels l'existence d'Alec se déroule aussi régulière qu'une horloge, depuis son réveil à cinq heures du matin jusqu'à son coucher. Chaque jour, avant de se rendre au collège, il va donner à manger à Black, il nettoie sa litière et le panse, puis il le monte. Si le temps s'y prête, il laisse l'étalon au pré, sachant que, de toute manière, Henry aurait l'œil sur lui. Jamais plus il ne joue avec ses camarades en sortant de classe : ses occupations ne lui en laissent plus le temps. À midi et demi, dès la fin de ses cours, il rentre en toute hâte chez lui, déjeune et retourne à l'écurie, où Henry, généralement, l'attend.

Du Jockey Club, une réponse est venue, indiquant l'adresse des services européens du « stud-book ».

Je doute fort, malheureusement, disait la lettre, *qu'on puisse vous aider ; car les renseignements que vous pouvez nous donner sont très insuffisants. Mais je suis sûr que, en tout cas, on fera pour le mieux afin de vous satisfaire.*

— Et maintenant, dit alors Henry, nous n'avons qu'à attendre et à espérer. Nous ne pouvons rien faire d'autre. Ça ne nous empêchera pas de dresser et d'entraîner Black, bien sûr ! Même si je n'arrive jamais à l'engager dans une course, je veux pouvoir un jour le chronométrer sur piste !

Conformément au plan arrêté par Henry, ils attendent le printemps pour tenter de seller et de brider Black. L'hiver devenant de plus en plus froid, le terrain durcit, rendant les sorties plus délicates. Sous la direction éclairée d'Henry, Alec perfectionne de jour en jour sa science équestre, si bien qu'en le voyant faire vraiment corps avec sa monture, le vieux jockey se frotte les mains en murmurant :

— Quelle merveilleuse association ! …

En plus de son travail à l'écurie, Alec passe de nombreuses heures à rendre à ses parents beaucoup de services, que son père lui paye régulièrement. Au surplus, il n'attend même pas qu'on lui signale ce dont on a besoin ; il le trouve lui-même. Il peint à neuf les portes de la maison et répare celle du garage ; il nettoie et aménage la cave, ratisse et fait brûler les feuilles mortes, arrache les mauvaises herbes du jardin, scie du bois et vide les cendres des poêles. Tout cela, ajouté à ses études, fait d'Alec un garçon constamment occupé.

Cependant, les mois passent, sans aucune nouvelle concernant les origines de Black.

— J'ai bien peur que tout ce que nous faisons ne serve à rien, Henry ! dit un jour Alec à son ami.

— Ne te décourage pas, petit ! On ne sait jamais ! fait Henry.

Mais Alec ne s'y trompe pas ; son associé n'a guère plus d'espoir que lui.

Par un froid après-midi, Alec, se rendant à l'écurie, est frappé de la noirceur du ciel et se demande s'il pourra sortir son cheval. Il trouve Henry, assis sur sa chaise, dans sa position favorite, c'est-à-dire en équilibre sur deux pieds du siège et adossé au mur. Il fume mélancoliquement sa pipe, tout en surveillant Black, qui paraît nerveux.

— Bonjour, petit ! Sale temps, hein ?

— Bonjour, Henry. Qu'est-ce qu'il a, Black ?

— Oh, ça va ! Mais il n'est pas sorti ce matin ; j'ai trouvé le terrain trop glissant. Il a besoin de se dérouiller les jambes ; mais tu feras bien de ne pas le monter et de le promener en main. Tiens-le ferme, surtout !

L'étalon s'ébroue et tend le cou vers Alec, qui, s'approchant de lui, le caresse doucement.

— Eh bien, mon vieux, lui dit-il, comment va ? Tu as besoin de prendre l'air, hein ?

Black secoue la tête et frotte son nez contre l'épaule d'Alec.

— Et au collège, comment ça marche ? demande Henry.

— Très bien ! réplique le garçon. Je n'ai pas de peine à suivre les cours ; au contraire, j'ai l'impression que je m'en tire mieux qu'autrefois. J'ai idée que ça tient à ce que Black m'oblige à observer un horaire très régulier !

— C'est ma foi bien possible ! s'écrie Henry. Il faut que tu tiennes le coup, petit ! Et on leur montrera, à tous, que tu peux dresser un crack et en même temps réussir tes examens !

Il bourre sa pipe, la rallume, et regarde, songeur, les volutes de fumée monter vers le plafond.

— Henry ! s'écrie soudain Alec. Regarde ! Il neige !

Henry laisse brutalement retomber sur le sol les pieds de sa chaise et va à la fenêtre. De gros flocons commencent en effet à tomber.

— Dame ! murmure-t-il. C'est normal. Jamais elle n'est tombée si tard !

— Sans doute, fait Alec, peu satisfait. Mais je m'en serais bien passé. Ça en représente des pelletées à charrier, pour dégager les chemins !

Le vent s'est levé et la neige redouble de violence. Black la regarde, lui aussi ; ses oreilles sont pointées, très droites, et son étonnement se lit dans ses yeux subitement agrandis.

— Henry ! dit Alec. Regarde Black ! C'est la première fois qu'il voit de la neige !

— Pour sûr ! Ils n'en ont pas, dans le pays d'où il vient !

— Je me demande comment il va réagir…

— Bah ! Ça ne le dérangera probablement pas !

— Il a pourtant l'air nerveux, remarque Alec, en voyant Black frapper le sol à plusieurs reprises.

— C'est parce qu'il n'est pas sorti aujourd'hui.

Pendant une demi-heure, ils observent la neige. Puis celle-ci cesse brusquement et un beau soleil perce les nuages, faisant scintiller le tapis blanc répandu sur le pré.

— À la bonne heure ! dit Henry. Voilà un temps superbe !

— Tu crois que je peux le sortir, maintenant ? demande Alec.

— Il a vraiment besoin de prendre l'air, fiston ! Un cheval comme lui ne supporte pas facilement de rester toute la journée enfermé. Si tu penses pouvoir le tenir…

— Voyons, Henry ! s'écrie Alec en riant. Tu sais bien qu'avec Black je n'ai peur de rien.

— Alors, O.K. Sortons-le ! On verra bien !

Dès qu'Alec a ouvert le box, l'étalon se dirige d'un pas décidé vers la porte de l'écurie.

— Holà ! Doucement, mon grand ! fait Alec, en le retenant par la longe.

— Conduis-le doucement dans la cour, d'abord, et fais-lui faire quelques tours, pour qu'il s'habitue à marcher dans la neige. Tiens-le ferme, pour le cas où il glisserait !

Alec saisit le licol et fait lentement sortir son cheval de l'écurie. L'air est frais, mais le vent ne souffle plus.

Black enfonce délicatement ses sabots dans la neige et les relève aussitôt, comme s'il se brûlait les pieds à chaque pas. Alec lui fait faire deux fois le tour de la cour ; la neige vole sous leurs pieds ; Black ne cesse de secouer la tête et de respirer fort ; l'air qu'il expire sort de ses naseaux comme deux jets de vapeur. À mesure qu'il le voit plus assuré sur ses membres, Alec le tient moins fermement, et bientôt il lâche le licol pour ne conserver à la main que la longe. Dès lors, l'étalon se met à gambader autour de son maître ; puis, tout à coup, il s'arrête, s'agenouille avec précaution, et se roule dans la neige en agitant ses membres dans tous les sens.

— Regarde-le donc ! crie Alec. Il adore ça !

Il le laisse faire, pendant plusieurs minutes ; puis le pur-sang se remet sur ses pieds et s'ébroue, l'air fort satisfait de cette expérience. Alec, enchanté, ôte la neige qui restait collée à la robe, puis demande à Henry :

— Et maintenant, tu es d'avis que je peux le monter ?

— Pourquoi pas ? Il a l'air parfaitement à son aise, pas vrai ? Mais vas-y doucement. Pas de blagues !

Henry lui fait la courte échelle et, d'un bond, Alec enfourche Black. Il le conduit dans le pré, où l'étalon se met à allonger le pas.

— Décidément, tu aimes ça, mon vieux ! lui dit-il en se penchant pour lui parler à l'oreille, tout en lui caressant l'encolure.

Black passe au petit trot ; Alec le laisse faire ainsi un tour de pré, puis il le remet au pas. Au bout d'un quart d'heure, il a la certitude que sa monture est parfaitement habituée à ce nouveau terrain et il la laisse se promener où bon lui semble. Sans doute possible, l'animal se plaît dans la neige et recherche les endroits du pré où elle est le plus épaisse. Finalement, Black prend le galop ; Alec, tenant fermement le licol, veille à ne pas le gêner et se borne à le maintenir à une allure raisonnable. Le vent glacial lui fouette le visage et le fait pleurer, tandis que, sous les sabots de Black, la neige vole à grande hauteur. Après un tour de pré, Alec n'a aucun mal à passer au trot, et il achève cette séance de travail par un quart d'heure de promenade au pas. Il a monté Black pendant une heure dans la neige : une vraie performance !

— C'était merveilleux ! s'écrie-t-il en le ramenant à l'écurie. Tu as vu comme il a aimé la neige, Henry ?

— C'est ma foi vrai, et je n'en espérais pas tant ! Tu n'as pas eu trop de peine à le tenir, non ?

— Pas du tout ! fait Alec en mettant pied à terre. Il fait des progrès tous les jours. Il devient vraiment très bien élevé... Un vrai seigneur !

— Tu l'as dit, fiston. Et quand le printemps montrera le bout de son nez, messire Black sera en pleine forme pour que nous entreprenions son dressage.

— Le printemps ! répète Alec. Il ne tardera plus maintenant ! Encore quelques mois, quelques semaines... Ce sera vite passé !

Le vieux jockey et le garçon se regardent longuement. Tous deux pensent à la même chose. Henry détourne les yeux et murmure, en caressant Black :

— Dans les premiers jours d'avril, si tout va bien !

12

PREMIER DRESSAGE

Alec ne tient plus en place ; ses semelles frottent sans arrêt le plancher et il joue machinalement avec son crayon, sans rien écrire sur son cahier. Comment s'occuper de géométrie, un jour comme celui-là ? Il lève les yeux vers la pendule : midi et quart ! Plus qu'un quart d'heure ! Devant lui, à côté du tableau noir, un gros calendrier accroché au mur indique la date fatidique : 1er avril ! Avec quelle impatience il l'a attendu, ce jour ! Et voici qu'après des mois de préparation, le moment crucial est arrivé ! Ils vont, Henry et lui, commencer le dressage de Black, en lui faisant d'abord accepter la selle et la bride, puis en l'entraînant régulièrement sur piste. Malgré deux autres lettres envoyées par Henry, ils n'ont encore reçu aucune réponse d'Europe, concernant les origines de Black.

Le professeur fixe sur son élève un regard sévère et Alec, baissant la tête, fait mine de s'absorber dans son travail. Les minutes se traînent, aussi lentes que les mois d'attente passés. Non, il ne peut plus tenir !

Soudain, la cloche sonne, et, tel un coureur prenant le départ, Alec bondit vers la porte. Avant même que ses camarades aient bougé, il s'enfuit à toutes jambes dans le couloir, sans se préoccuper d'une voix qui, dans son dos, lui ordonne de s'arrêter ; comme une flèche il traverse le hall et se précipite dans la rue. Il court ainsi jusqu'à ce que, à bout de souffle, il doive ralentir et achever le trajet en marchant à grands pas.

Arrivé chez lui, il jette son cartable sur le divan et va droit à la cuisine, où sa mère achève de préparer le déjeuner. Il se met à table, mais l'énervement lui coupe l'appétit.

— Je m'excuse, maman, dit-il en rougissant, mais je n'ai pas faim du tout aujourd'hui !

Mme Ramsay se retourne vers lui et remarque son agitation.

— Il se passe quelque chose d'important, aujourd'hui ? lui demande-t-elle.

— Oui, maman ! réplique-t-il après avoir simplement avalé un verre de lait. Je ne rentrerai que pour dîner, ce soir, et tu peux être sûre que je me rattraperai !

Sans attendre plus longtemps, il se lève et sort en courant de la maison, tandis que sa mère le regarde par la fenêtre, en hochant la tête.

Quelques instants plus tard, il trouve Henry qui fait nerveusement les cent pas dans la cour des communs.

— Ah ! te voilà, petit ! s'écrie-t-il gaiement, en retirant sa pipe de sa bouche. Nous avons de la chance ; regarde-moi ce beau soleil ! C'est un temps rêvé !

— Comment est-il, aujourd'hui ? demande le garçon, en observant Black qui broute dans le pré.

— Il a beaucoup galopé ce matin. Je crois que ce temps-là lui plaît autant qu'à nous ! Et toi, petit, comment te sens-tu ? Tu es d'attaque ?

— En pleine forme ! Et puis, pour moi, ça ne fera pas de différence, que je le monte avec ou sans selle !

— Dame ! dit Henry en faisant tomber à terre les cendres de sa pipe. Tout dépend du cheval et non pas de toi ! Allons-y ! J'ai acheté hier, d'occasion, une grosse selle. Ça vaut mieux pour commencer. Quand il sera habitué à celle-là, il trouvera la petite selle de course légère comme une plume.

Alec siffle, et Black, dressant aussitôt la tête, vient à lui au petit trot. Tandis que le garçon lui caresse l'encolure, l'étalon frotte son nez contre la poche de son maître.

— Ah ! gourmand que tu es ! Tu veux ton sucre, hein ?

Alec en place deux morceaux sur la paume de sa main ; en une seconde, le cheval les happe adroitement de ses lèvres. Cependant, Henry revient de l'écurie, rapportant la selle et la bride.

— Amène-le au milieu du pré, dit-il, pour que nous ayons le plus de place possible.

Ils s'en vont donc tous les trois dans le champ, et Henry pose le harnachement par terre.

— Nous allons d'abord essayer la selle. Je me demande comment ça va se passer ! grommelle-t-il.

Alec, debout à la tête du pur-sang, se cramponne de toutes ses forces au licol qu'il tient à deux mains. Henry ramasse la selle et vient se placer à la gauche de Black ; celui-ci le suit des yeux et tressaille, l'air inquiet. Alec lui caresse la tête et lui parle doucement.

— Tiens-le bien, petit ! dit Henry, en levant la selle au-dessus du dos de Black.

Il la pose délicatement sur l'étalon, mais n'a pas le temps d'attraper la sangle, car, instantanément, l'animal lance bien haut ses postérieurs, et le harnachement, passant par-dessus sa tête, est projeté loin devant lui. Dès qu'il en est débarrassé, Black se met à tourner autour d'Alec, qui a beaucoup de mal à le retenir. Henry va ramasser la selle et revient vers le cheval.

— Eh bien ! grommelle-t-il entre ses dents. Ça ne va pas être commode ! Attention, petit, je recommence ! Tiens-le fort !

Le second essai est identique au premier : à peine Black a-t-il la selle sur le dos qu'il l'envoie voler à cinq mètres.

— Pas question de saisir la sangle ! dit Henry, en allant de nouveau la ramasser.

Pendant un quart d'heure, ils renouvellent en vain leurs tentatives, qui ne tardent pas à les fatiguer. Et, cependant, l'étalon ne manifeste pas autant de nervosité qu'Alec l'a craint.

— Il ne veut pas se laisser faire, voilà tout ! dit Alec.

— Si seulement je pouvais trouver un moyen de passer les contre-sanglons dans les boucles ! murmure Henry.

Alec réfléchit un instant, puis il réplique :

— Peut-être qu'on pourrait essayer autre chose. Si nous rallongions les contre-sanglons avec des cordes, je tiendrais la selle au-dessus du dos de Black, sans la poser, et tu passerais les cordes dans les boucles de la sangle. Comme ça, au moment où je poserais la selle, tu n'aurais plus qu'à tirer sur les cordes, et les courroies passeraient dans les boucles… si tu as le temps de le faire.

— Ça se peut ! dit Henry. En tout cas, nous ne risquons rien d'essayer !

Il va à l'écurie chercher de la grosse ficelle et s'applique à la fixer le mieux possible aux contre-sanglons, pendant que son ami promène tranquillement le cheval.

Quand tout est prêt, Alec vient se placer à côté de Black, qu'il tient seulement par sa longe. Il flatte longuement l'animal, qui ne bouge pas ; puis il saisit la selle que Henry lui remet et l'élève au-dessus du pur-sang ; Henry, passant de l'autre côté, tend la main sous le ventre de l'étalon et saisit la sangle, dans les boucles de laquelle il passe les bouts de cordes prolongeant les contre-sanglons.

— Prêt ? demande Alec.

— O.K. ! murmure Henry.

— Serre ! dit Alec, en posant la selle sur le dos de Black.

Cette fois, l'étalon ne rue pas ; il se cabre tout droit sur ses postérieurs. Alec fait un bond de côté et laisse glisser la longe entre ses doigts. Henry, restant tout près de l'animal, ne lâche pas prise et réussit à boucler deux contre-sanglons. Alec continue à retenir Black jusqu'à ce que son ami ait fini de serrer la sangle.

— Ça y est ! s'écrie joyeusement Henry en se jetant à son tour de côté. Maintenant, lâche-le et écarte-toi de lui !

L'étalon, libre de ses mouvements, exécute une série de cabrioles incroyables, puis part à plein galop dans le champ, n'interrompant sa course, de temps à autre, que pour se cabrer et ruer de toutes ses forces. Il fait des efforts désespérés pour se débarrasser de la selle, sous les yeux fascinés des deux amis. Tout à coup, il pointe plus droit que jamais et se renverse en arrière ; sa grande masse s'écroule sur le sol, brisant net l'armature de la selle.

— Elle n'aura pas duré longtemps ! dit Alec.

— Aucune importance, pourvu qu'elle tienne encore sur son dos ! réplique Henry.

Quand l'étalon se relève, la selle, cassée et déformée, reste en place. Une course folle commence alors autour du pré ; sans arrêt, Black tourne, secouant la tête et roulant des yeux furieux. Quand il passe près de son maître, il semble ne pas entendre ses appels ; une seule fois, il s'arrête, le regarde un instant, pointe, puis repart de plus belle.

Au bout d'une demi-heure de ce manège, il est en sueur, et, sur un nouveau coup de sifflet d'Alec, il finit par s'arrêter, à une dizaine de mètres du garçon.

— Eh bien, mon vieux ! lui dit gaiement Alec, en s'avançant vers lui à pas lents. C'est donc si désagréable que ça, une selle ?

Black fait demi-tour, mais, au lieu de s'en aller, il se met à tourner au pas autour de son maître ; puis il s'arrête et le regarde fièrement, sans bouger. Alec tire quelques morceaux de sucre de sa poche et, s'approchant, les lui tend sur sa paume. L'étalon fait, lui aussi, quelques pas pour prendre le sucre et se laisse caresser.

— C'est une habitude à prendre, tu verras ! lui dit Alec. Bientôt, tu n'y feras même plus attention !

La selle est certes très abîmée, mais encore utilisable.

— Promène-le en main ! dit Henry.

Alec traverse le pré à plusieurs reprises, laissant son cheval trottiner au bout de la longe et faire de temps en temps de folles cabrioles. Puis il le ramène vers Henry et déclare :

— Ça n'a pas l'air d'aller trop mal, maintenant !

— Alors, monte dessus et on verra bien !

— O.K. ! Fais-moi la courte échelle !

Henry lui saisit vivement le pied et, d'un bond, le garçon est en selle ; mais il n'y reste pas une seconde, car instantanément il se voit catapulté, comme jadis dans l'île, quand il avait, pour la première fois, essayé de monter Black. Il décrit une grande trajectoire, et, repliant ses jambes sous lui, il peut se mettre en boule pour amortir un peu la rudesse de sa chute. Néanmoins, il reste un long moment étendu sans bouger sur le sol, quelque peu hébété et meurtri. Henry, inquiet, vient en courant s'agenouiller près de lui.

— Tu t'es fait mal, petit ?

— Je ne crois pas... Mais je suis un peu abruti !

Henry passe la main avec sollicitude sur tout le corps de son ami.

— Tâche de te lever, maintenant ! dit-il.

Aidé du vieux jockey, Alec se redresse, vacille un peu sur ses jambes, puis retrouve progressivement son équilibre.

Black, immobile à quelques pas de là, le regarde puis s'approche et frotte son nez contre lui, demandant du sucre.

— C'est comme dans l'île, pas vrai, mon vieux ? s'écrie Alec en riant. Seulement, là-bas, je n'avais pas de sucre à te donner, pour te remercier de m'avoir flanqué par terre ! ... Dis-moi, Henry, pourquoi est-ce qu'il se débarrasse de moi quand il a une selle sur le dos, alors qu'autrement il est content que je le monte ?

— On ne peut pas expliquer cela, petit ! On ne sait jamais pourquoi ils font ces choses-là ! … Il n'a pas encore pris l'habitude de la selle, et je me demande même s'il s'est rendu compte que tu étais sur son dos. Il a simplement senti un poids supplémentaire. Cette fois, parle-lui comme tu en as l'habitude, et tâche de lui faire comprendre que tu vas le monter. Fais-lui sentir tes bras et jambes, comme lorsque tu le montais sans selle.

— Compris, Henry ! Allons-y !

Il prend le licol à deux mains, approche son visage de la tête de Black et le regarde droit dans les yeux.

— Là, doucement, mon grand. Ne fais pas le fou, maintenant !

L'étalon secoue si fort la tête qu'il arrache presque le garçon de terre.

Alec, tout en le calmant de la voix, se prépare à sauter en selle en se tenant fermement à la crinière. De nouveau, Henry lui fait un marchepied de ses deux mains croisées, et il enfourche en souplesse sa monture. Black ne rue pas, mais se cabre aussitôt. Alec, cramponné d'une main au licol, de l'autre à la crinière, ne lâche pas prise. Dès qu'il a reposé ses antérieurs à terre, l'étalon prend le galop. Alec, penché contre l'encolure, continue à lui parler en faisant de nombreux tours de pré, et bientôt il se rend compte qu'il reprend petit à petit le contrôle de son cheval. Il s'assoit dans sa selle et tire sur la crinière en criant :

— Ho, là ! … Doucement, maintenant. Ho, là ! là…

Black ralentit progressivement l'allure, passe au trot, puis au pas, et se laisse conduire vers Henry.

— C'est parfait, Alec ! dit le vieux jockey en saisissant le licol. Et maintenant, on va le brider, sans perdre un instant !

— Tu ne trouves pas qu'il est fatigué ?

— Bien sûr que si, et c'est justement pour cela qu'il faut en profiter ! D'ailleurs, je ne crois pas qu'il fera des difficultés comme pour la selle. C'est un mors de filet, trois fois rien, et ça ne le changera guère de son licol !

— C'est toi qui commandes, Henry, et j'obéis ! Comment allons-nous faire ?

— Reste en selle. Moi, je vais lui ouvrir la bouche pour lui passer le mors, et toi tu mettras la bride par-dessus le licol, voilà tout !

— O.K. ! dit Alec.

De ses mains expertes, Henry ne met que quelques secondes à ouvrir la bouche de Black et à y introduire le mors. Alec n'a aucune peine à passer la bride par-dessus les oreilles de sa monture et à attacher la sous-gorge. L'étalon secoue vigoureusement la tête pendant quelques minutes ; Alec le laisse faire et l'emmène au pas faire quelques tours de pré. Puis, à mesure que l'animal s'habitue au mors, il le fait changer fréquemment de direction, par de légères pressions de rêne contre l'encolure ; en vérité, c'est un simple perfectionnement des méthodes de dressage qu'il a utilisées dans l'île pour conduire Black. Et l'étalon le comprend sur-le-champ, sans lui opposer la moindre défense.

Quand ils rentrent à l'écurie, Alec rayonne de plaisir.

— Voilà ce qui s'appelle du bon travail, mon gars ! lui dit Henry en souriant.

— Je crois que oui, Henry, fait le garçon en caressant les naseaux de Black. À la bonne heure, mon grand ! Tu as été très sage !

Le soleil disparaît au loin derrière les gratte-ciel de Manhattan, quand Alec, brisé de fatigue, mais la joie au cœur, rentre chez lui.

13

ENTRAÎNEMENT NOCTURNE

Avant de refermer la porte de la maison endormie, Alec jette un coup d'œil à sa montre ; elle marque une heure du matin. Depuis quinze jours, le dressage de Black à la selle et à la bride se poursuit de façon satisfaisante. La nuit est très claire, car la lune luit haut dans le ciel fourmillant d'étoiles ; une tiède brise printanière agite doucement les jeunes feuillages, dont le bruissement trouble seul le silence de la nuit.

Alec trouve Henry adossé à un van qui stationne dans la cour des communs.

— Tout est prêt ? lui demande-t-il à voix basse.

— O.K. ! murmure le vieux jockey, d'une voix tranquille.

Il ouvre sans bruit la porte de l'écurie.

— N'allume pas l'électricité ! ajoute-t-il, en précédant son jeune compagnon dans le local.

Dès qu'il les entend approcher, Black hennit, aussitôt imité par Napoléon, qui passe sa tête au-dessus du bat-flanc.

— Chut ! font d'une même voix Alec et Henry.

— Calme-les, petit ! dit Henry. Moi, je vais chercher le harnachement.

— Là, doucement ! murmure Alec, en caressant tour à tour les naseaux des deux compagnons. Il ne faut pas faire de bruit, sans ça, vous allez réveiller tout le quartier !

La lune éclaire si bien l'écurie qu'aucune lampe n'est nécessaire. Les deux bêtes, calmées, frottent leur tête contre les épaules du garçon. Henry revient, portant la selle et la bride.

— Vas-y maintenant, Alec ! Sors-le du box ! dit-il.

Depuis qu'il s'est habitué à la sangle, le pur-sang passe la nuit revêtu d'une couverture. Alec ne la retire pas et mène son cheval jusqu'à la porte de l'écurie. Le martèlement des sabots sur les dalles résonne si fort dans le silence ambiant que Henry, levant la main, déclare :

— Doucement, doucement, Alec ! Tâche de le

faire tenir tranquille, sans ça on va réveiller la patronne !

— Je fais ce que je peux, Henry ! Mais il est assez nerveux. C'est sans doute parce qu'il n'est pas habitué à sortir en pleine nuit !

Au moment de sortir dans la cour, l'étalon tourne la tête vers Napoléon et hennit. Henry referme la porte, mais aussitôt le vieux cheval de trait se met à hennir, lui aussi, plus fort qu'il ne l'a jamais fait.

— Tonnerre de chien ! gronde Henry, qui rentre précipitamment dans l'écurie. Jamais nous n'arriverons à partir d'ici sans réveiller quelqu'un.

Black lève la tête, dresse les oreilles et répond à l'appel de son compagnon par un hennissement retentissant. Alec réfléchit un instant et appelle Henry à mi-voix.

— Oui ? … réplique son ami.

— J'ai une idée. Pourquoi ne pas emmener aussi Napo ? Il y a bien place pour eux deux dans le van. J'ai l'impression que ça rendra Black beaucoup plus tranquille et facile à manier.

Henry, songeur, examine l'étalon, dont la nervosité ne diminue pas.

— O.K. ! dit-il. Ça vaut la peine d'essayer, en tout cas !

Peu après, il fait sortir le vieux cheval et

l'amène près de l'étalon, qui hennit de nouveau, mais plus doucement. Dès lors, Alec n'a aucune difficulté à faire monter Black dans le van, où Napoléon le rejoint un instant plus tard.

— Eh bien ! grommelle Henry. Il s'agit maintenant de nous dépêcher, car je dois ramener le camion à mon camarade avant six heures, et il faudra que Napo soit de retour ici à la même heure pour ne pas retarder Tony dans son travail !

— Il n'est qu'une heure et demie ! dit Alec.

— Oui. On nous attend là-bas vers deux heures.

Les deux amis prennent place dans la cabine, et Henry démarre doucement. Ils roulent une demi-heure à travers les rues désertes et s'arrêtent enfin devant une haute grille en fer forgé portant à son sommet l'inscription : *BELMONT*.

Henry donne deux petits coups de klaxon, et, après une brève attente, Alec aperçoit, derrière la grille, une tête à cheveux blancs. Deux mains saisissent les barreaux, puis une voix aiguë et un peu chevrotante crie :

— C'est toi, Henry ?

L'interpellé passe la tête à la portière et réplique :

— Oui, Jake, c'est moi ! Tout va bien ?

— Je t'attendais !

Il y a un grincement de clef, de serrure et de

gonds, puis la grille s'ouvre. Henry remet le van en marche et, sans s'arrêter, s'engage dans une allée d'entrée qu'il semble bien connaître.

— Qui est-ce ? lui demande Alec.

— Ça, répond Henry en souriant, c'est Jake, un de mes plus vieux copains. En fait, c'est lui qui m'a appris à monter. Tout gamin, j'adorais les chevaux, mais je n'avais jamais réussi à en monter un seul. J'avais ton âge, à peu près ; je venais le matin, de bonne heure, assister à l'entraînement et je rêvais du jour où je pourrais, moi aussi, monter un pur-sang. À cette époque-là, Jake encore jeune était déjà devenu un jockey célèbre, et représentait pour moi une espèce de dieu, comme pour tous les gosses, d'ailleurs. Bref, il m'a formé, sans doute parce qu'il ne pouvait pas se débarrasser de moi. En tout cas, c'est lui qui m'a appris à peu près tout ce que je sais, et, si j'ai eu du succès, c'est à lui que je le dois. Par la suite, il est devenu entraîneur, lui aussi, et maintenant il est, comme on dit, à la retraite.

Il s'interrompt pour prendre avec soin un virage à angle aigu, puis reprend :

— Vois-tu, Alec, on aime les chevaux comme on aime la mer. Tu en feras l'expérience toi-même. Du jour où tu es habitué à eux, où tu as appris à les connaître et à les aimer, tu ne peux plus t'en passer. C'est comme ça pour Jake, c'est comme ça pour moi. Il est maintenant concierge du champ de courses et il s'en contente. D'un bout de l'année à l'autre, il y a des chevaux qui viennent ici galoper à l'entraînement ; et bientôt la saison des courses va reprendre ; alors, il est ravi !

— Tu es sûr que personne ne peut nous voir, Henry ?

— Tout à fait sûr. Les chevaux à l'entraînement viennent travailler beaucoup plus tard.

Henry vient ranger son véhicule le long d'une rampe de débarquement. Les deux amis sautent à terre et ouvrent le van. Les chevaux hennissent gaiement, et l'étalon, dans sa hâte de sortir, casse la longe qui l'attachait au camion.

— Allons, Black, ne commence pas à faire le fou ! dit Alec en le conduisant par le licol sur la rampe de déchargement.

Henry fait à son tour descendre Napoléon et déclare :

— Je crois vraiment que tu as eu une riche idée, fiston, en pensant à emmener le vieux Napo ! Il va falloir le mettre à proximité de la piste, pour que Black continue à le voir, de loin ! Promène ton cheval, petit ! Il faut qu'il se dérouille un peu les jambes !

Alec emmène l'étalon faire un tour au clair de lune, le long de la piste, puis revient vers le van. Il reconnaît alors à distance la voix cassée du petit homme à cheveux blancs qui a ouvert la grille et qui dit à Henry :

— Tu te paies ma tête, dis donc ! Tu ne vas pas prétendre que c'est pour cette vieille haridelle que je risque en ce moment de me faire flanquer à la porte !

— Eh, eh ! rétorque Henry en riant. Ne juge pas trop vite, Jake ! Attends un peu de le voir courir, ce vieux démon !

— Fumiste, va ! s'écrie Jake. Ce n'est pas à moi qu'il faut en raconter ! Tout ce qu'il peut faire, ton crack, c'est le tour de la piste au pas !

Alec ne peut s'empêcher d'éclater de rire et Jake, l'entendant, se retourne. Quand le vieux gardien voit arriver Black, il reste bouche bée d'admiration. Il tourne à pas lents autour de lui, l'examinant dans ses moindres détails. L'étalon esquisse une courbette, mais Alec a tôt fait de le calmer. Un long silence suit, puis Henry demande :

— Eh bien, Jake, qu'est-ce que tu en penses ?

— Tu ne t'es pas trompé, Henry, fait l'ancien jockey en levant les yeux vers son ami. Tu as là un cheval de premier ordre.

— Il vaut la peine que tu risques de perdre ta place, en nous donnant le moyen de le faire travailler ?

— Il la vaut, sans aucun doute ! réplique Jake sans hésiter. Je n'en ai jamais vu de pareil… depuis Chang.

— C'est ce que j'ai dit à Alec ! … Jake, permets-moi de te présenter le propriétaire de cet étalon noir, Alec Ramsay… Alec, je te présente mon vieil ami Jake !

— Enchanté de faire ta connaissance, mon garçon ! dit Jake.

— C'est moi qui suis ravi, monsieur, répond Alec. C'est rudement chic de nous laisser venir ici ! Henry et moi, nous vous en sommes infiniment reconnaissants !

— Oh ! il n'y a pas de quoi, petit ! Henry connaît mon point faible. Quand il m'a dit que tu possédais un crack, il fallait que je m'en rende compte moi-même.

— Tu ne changeras jamais, Jake, dit Henry en riant aux éclats.

— Pas plus que toi ! … Il n'y a pas de danger !

La brise fraîchit et Black se met à piaffer nerveusement.

— Je crois qu'il a envie de travailler, dit Alec.

— D'accord ! Je vais chercher la selle, répond Henry. Toi, Jake, reste là, et tu verras la plus formidable machine à galoper qui ait jamais existé !

— Ne t'en fais pas ! Je ne suis pas près de m'en aller, rétorque Jake. Viens, petit ! dit-il à Alec. On va le conduire près de la barrière de la piste.

Quelques minutes plus tard, Henry, les ayant rejoints, pose la selle sur le dos de Black, qui fait quelques cabrioles et se cabre un peu quand on le sangle. Puis Alec et Jake lui mettent la bride sans difficulté.

— Nous voilà prêts ! s'écrie Henry. Maintenant, comprends-moi bien, Alec ! Pour ce soir, ce qu'il faut, c'est qu'il s'habitue au terrain, à la piste. Avec cette lune-là, je crois que ni lui ni toi vous n'aurez de peine à y voir clair. Tâche de le retenir au début, autant que tu le pourras. Ne le laisse filer qu'une fois entré dans la dernière ligne droite. À ce moment-là, si tu sens que tout va bien, laisse-le marcher bon train pendant quelques centaines de mètres. Bon sang ! Il y a longtemps que j'attendais ça ! Avant de prendre le départ d'ici, fais-lui faire au pas deux ou trois cents mètres et reviens de même. Compris ?

— Entendu ! dit Alec.

Jake prend position contre la lice, et tire de sa poche un gros chronomètre en argent. Henry met son jeune ami en selle et ajuste les étriers. Alec, assis dans sa selle, a les genoux si haut placés qu'il aurait pu les toucher avec son menton. Les leçons de Henry ont porté leur fruit : la position du garçon est digne d'un vétéran des courses. L'étalon, nerveux, semble se rendre compte qu'un grand moment de sa carrière est arrivé. Henry, saisissant une des rênes, le conduit sur la piste, puis le lâche.

— O.K., petit ! dit-il. Un peu de pas d'abord !

Black s'en va d'un bon pas sur le gazon moelleux, la tête bien droite, mais regardant de tous côtés. Alec se penche un peu, tout en restant dans sa selle, et lui flatte l'encolure.

— Va doucement, mon grand, et ne t'en fais pas ! murmure-t-il.

L'étalon veut prendre le galop et Alec a besoin de toute sa force pour le retenir. Arrivé au premier tournant, il fait demi-tour et revient au pas. La nuit est douce et Alec, ayant déjà chaud, ôte son chandail, qu'il jette à Henry. Puis il fait faire demi-tour à Black, baisse les mains, prend appui sur l'encolure et, se dressant sur ses étriers, se penche en avant.

— Maintenant, vas-y, Black ! dit-il.

L'étalon pointe légèrement, puis bondit en avant. La chemise blanche d'Alec se détache sur la robe noire du cheval et dans la pénombre de la nuit. Black, très à l'aise, file sur la piste et ses gigantesques foulées dévorent l'espace. Alec le retient autant qu'il peut ; le buste horizontal et la tête collée contre l'encolure de sa monture, il cligne les yeux pour que le vent ne le fasse pas trop pleurer.

Il prend à la corde le premier tournant et entre dans la ligne droite située dans le fond du champ de courses. Il reste maître de son cheval, le retenant à pleins bras, et pourtant, même dans l'île, il n'a jamais galopé à une telle allure. Visiblement, Black est enchanté et fait de grands efforts pour se libérer des mains qui l'empêchent d'allonger son encolure.

À mi-chemin de cette ligne droite, il parvient à prendre le mors aux dents et Alec se rend compte qu'il n'en est plus maître. Une fois de plus, le pur-sang redevient un animal sauvage galopant librement, et c'est en vain que, de toutes ses forces, Alec tire sur les rênes. Le galop de l'étalon se fait de plus en plus rapide, si bien qu'Alec se trouve bientôt incapable de voir, et le vent souffle si fort que sa chemise commence à se déchirer.

Dans le second tournant, le garçon vacille un peu et, instinctivement, s'accroche à la crinière de sa monture pour ne pas perdre l'équilibre. Comme un ouragan, Black entre dans la ligne droite de l'arrivée et passe comme une flèche, dans un bruit de tonnerre, devant Henry et Jake. Loin de s'arrêter au bout de cette longue ligne, il continue sa course pour un second tour de piste et l'effectue de bout en bout sans esquisser le moindre ralentissement. Alec, à demi inconscient, essaie de réfléchir au moyen d'arrêter son cheval ; mais, en tirant sur les rênes, il a l'impression qu'elles sont fixées à une barre d'acier.

Ils passent ainsi, comme le vent, pour la deuxième fois, devant Jake et Henry, et l'étalon, sans paraître le moins du monde fatigué, entame son troisième tour de piste. Ce n'est qu'au milieu de la ligne droite extérieure qu'Alec le sent ralentir un peu. Aussitôt, il se met à lui parler et à caresser son encolure. Dès lors, Black réduit progressivement son allure et quand, pour la troisième fois, il passe devant les deux vieux jockeys abasourdis, Alec en est redevenu à peu près maître. Néanmoins, ils parcourent encore toute la ligne d'arrivée, et l'extraordinaire animal ne consent à s'arrêter qu'après avoir, pour la quatrième fois, entamé un tour de piste.

Alec lui fait faire demi-tour. Black hennit et secoue la tête ; il souffle très fort et tout son corps est blanc d'écume. Il revient d'un pas vif et léger vers Henry, qui court à sa rencontre, suivi de Jake. Alec, très fatigué, se laisse glisser à terre, tandis que son ami prend en main les rênes : elles sont poisseuses et couvertes de sang. Henry tend les rênes à Jake et passe un bras autour de l'épaule du garçon pour le soutenir.

— T'en fais pas, petit ! lui dit-il.

— Oh, ça va très bien ! répond Alec. Seulement, je suis un peu abruti…

— Après une course pareille, il y a de quoi !

— Personne ne pourra jamais tenir ce cheval, déclare Jake. Une fois qu'il a pris le mors aux dents, la seule solution est de rester dessus et d'attendre qu'il se fatigue, comme tu l'as fait, petit !

— J'arriverai à le tenir… un de ces jours, déclare Alec d'un ton catégorique.

Il se sent déjà mieux, ses forces lui reviennent et le sol commence à redevenir stable. L'étalon tourne la tête vers lui en dressant ses oreilles, et il hennit doucement, en frottant son nez contre l'épaule du garçon. Alec, qui vient d'envelopper sa main d'un mouchoir, lui caresse le museau.

— Nous ne pouvons vraiment pas lui en vouloir, Henry ! dit-il. C'est la première fois depuis très, très longtemps, qu'il peut s'amuser librement. Tout ce que j'ai à apprendre, c'est à rester sur son dos, à ne pas le gêner, et à m'amuser autant que lui ! Voilà…

— Eh oui ! s'écrie Jake. Comme tu dis ! Voilà…

Ils quittent la piste, dont Jake referme la barrière, tandis qu'Alec mène l'étalon vers le van, auquel Napoléon est demeuré attaché. Les deux chevaux se frottent l'un contre l'autre, tout heureux de se retrouver.

— Regarde-moi ça, Jake ! dit Henry. N'est-ce pas impayable ? Mais dis-moi, es-tu de mon avis, maintenant, et crois-tu comme moi qu'il n'y a pas, dans tout le pays, un seul cheval de cette classe ?

— Entièrement d'accord ! répond Jake. J'ai pu chronométrer son deuxième tour de piste. Jamais un cheval n'a couru ici à un train pareil ; il s'en faut de beaucoup. Les deux meilleurs chevaux de plat des États-Unis, Sun Raider et Cyclone, lui tiendraient tête, bien entendu, mais, s'il consentait à courir avec eux, je suis sûr qu'il les battrait.

— Pourquoi dites-vous : s'il consentait à courir ? demande Alec.

— Parce que si jamais il se trouvait sur un champ de courses avec ces deux chevaux-là, il n'y aurait pas de course, petit ! Il y aurait une bataille. Ton cheval commencerait par les attaquer, au lieu de courir. C'est un animal sauvage que tu as là, mon garçon. Où donc l'as-tu trouvé ?

Alec interroge Henry des yeux, et, sur un signe de tête affirmatif, raconte brièvement son aventure.

— Çà, par exemple, murmure Jake, quand il a entendu l'étonnant récit, elle n'est pas banale, ton histoire ! Mais ce n'est pas tout ça, Henry !

Qu'est-ce que tu sais de ses origines ? Sans papiers, tu ne pourras jamais le faire courir, tu le sais bien !

— Naturellement, réplique Henry. Nous attendons une réponse d'Arabie, et nous espérons que, là-bas, il a été enregistré comme pur-sang arabe. Mais je ne te cache pas que je suis pessimiste, car voilà longtemps que j'ai écrit et je crains fort qu'ils n'aient rien trouvé.

— Si tu veux mon avis, mon vieux, dit Jake après avoir longuement réfléchi, ce cheval est né sauvage et n'a jamais été enregistré dans un « stud-book » !

— Je crains fort que tu aies raison, Jake, dit Henry. Mais on ne sait jamais ce qui peut arriver. En tout cas, ce qui est possible, c'est de le faire courir contre la montre et de lui faire battre des records. À ce moment-là, il faudra bien qu'on fasse attention à lui !

— Ton idée n'est pas mauvaise. En ce qui me concerne, je connais une foule de gens qui paieraient cher pour voir ce que j'ai vu ce soir !

Pendant qu'ils parlent ainsi, Alec promène son cheval au pas, pour le sécher. Puis on fait monter les deux bêtes dans le van et les associés prennent congé de Jake.

— Nous ne viendrons pas demain, dit Henry. Il faut que le petit se repose. Mais, si tu veux bien, rendez-vous après-demain, comme cette nuit, à deux heures du matin.

— D'accord, fait Jake. Je serai à la grille !

Alec, installé dans la cabine à côté de Henry, regarde sa montre :

— Trois heures et demie ! dit-il. J'espère que mes parents ne se sont aperçus de rien !

— Et ma femme ! grommelle Henry. Si jamais elle a découvert que je suis sorti, quelle discussion je vais avoir !

— Ah ! vraiment ? s'écrie Jake, qui, debout sur le marchepied, passe sa tête blanche par la portière. Alors ça continue, à ce que je comprends ? C'est toujours elle qui porte la culotte !

— Non, fait Henry, sèchement. Tout de même pas ! Mais elle en a assez des chevaux et des courses, et elle compte bien que je ne m'en occuperai plus jamais.

— Ça prouve simplement que, malgré les années, elle ne te connaît pas encore, pas vrai, mon vieux ? Tu es comme moi, je le sais bien ! Tant qu'il te restera un souffle de vie dans le corps, tu auras besoin de passer ton temps au milieu des chevaux, et rien au monde ne te retiendra loin d'eux !

Le van roule doucement jusqu'à la grille d'entrée ; là, Jake descend du marchepied et ouvre le portail. Ils se disent au revoir et Henry prend le chemin du retour.

— Eh bien, fiston, dit-il, tu as eu plus de mal que nous ne le pensions tous les deux, pas vrai ?

— Je le reconnais, Henry, répond Alec. Mais, tu verras, la prochaine fois, je m'en tirerai mieux !

Il se pelotonne dans le coin de la banquette et appuie sa tête au dossier.

— Fatigué ? demande Henry.

— Un peu ! fait le garçon en bâillant. J'ai pourtant fait un somme cet après-midi. Maman n'en revenait pas ! Elle m'a dit que c'était la première fois qu'elle me voyait dormir l'après-midi, depuis que j'avais quatre ans !

— M'est avis que tu feras bien de garder cette bonne habitude, Alec, tant que nous entraînerons Black la nuit. Je me suis entendu avec Jake pour que nous venions trois fois par semaine. Il faut profiter de ce que la saison d'entraînement n'est pas encore officiellement commencée, tu comprends ! Après, il y aura trop de chevaux et trop d'étrangers sur la piste, même la nuit, et nous ne pourrons plus risquer d'y mener Black, d'abord à cause des incidents, ensuite parce que je veux que personne, sauf Jake, ne le voie avant le jour où il courra.

— Si jamais il court ! murmure Alec d'une voix sombre. S'il avait été enregistré, nous aurions eu une réponse !

— On ne sait jamais, mon petit ! Dans les bureaux, on est souvent lent à donner les renseignements, et ils ont peut-être autre chose à faire que de nous écrire.

— Ça se peut ! fait Alec d'un ton las, en ramenant sous lui ses jambes. En tout cas, je t'assure que c'est rudement passionnant de monter Black sur un champ de courses, comme je l'ai fait cette nuit !

— Je m'en doute ! Ce n'est pas pour te flatter, mon gars, mais Black et toi vous avez, pour votre première sortie, fait du bon travail ! Pense un peu : vous avez pulvérisé le record de vitesse du tour de piste !

Un quart d'heure plus tard, ils arrivent à l'écurie. Alec conduit Black dans son box et Henry, après avoir mené Napoléon dans le sien, vient aider son ami à frictionner vigoureusement l'étalon. Quand ils ont achevé de le panser, de lui donner à boire et de refaire sa litière, ils éteignent la lumière et ferment l'écurie : jamais les chevaux n'ont été si calmes.

— Bonne nuit, Henry, dit Alec. À tout à l'heure, et mille fois merci !

— Bonne nuit, petit, et repose-toi bien !

Alec trouve sa demeure silencieuse et plongée dans l'obscurité. Il referme sans bruit la porte et monte l'escalier sur la pointe des pieds. En passant devant la chambre de ses parents, il entend son père qui ronfle un peu. Arrivé dans la sienne, il est si fatigué qu'il a de la peine à se déshabiller ; il a mal partout...

Quelques heures plus tard, son réveille-matin le fait sursauter. Dans un demi-sommeil, il tend la main pour l'arrêter. Mais, en appuyant sur le mécanisme, il ressent une si vive douleur que, du coup, il se réveille pour de bon. S'asseyant dans son lit, il regarde fixement le mouchoir ensanglanté qui enveloppe sa main, puis il laisse retomber sa tête sur l'oreiller. Ainsi donc ce n'a pas été un rêve ! Il a vraiment monté Black sur le champ de courses ! Il jette un coup d'œil sur la chaise où sont accrochés ses vêtements ; sur un des bras, sa chemise pend, sa chemise en loques ! ...

D'un coup de pied il rejette ses couvertures, et se lève péniblement ; tout son corps est endolori de courbatures. Il fait un paquet de sa chemise perdue, bien décidé à la jeter pour que sa mère ne puisse la voir. Puis il passe dans la salle de bains, procède à une grande toilette et panse sa main. La teinture d'iode lui fait faire la grimace, mais qu'importe ce léger mal ? Il a la tête en feu et le cœur plein de fièvre. En cette nuit mémorable, son existence a repris le caractère aventureux et passionnant qu'il aime...

14

CYCLONE ET SUN RAIDER

Le surlendemain, dans la nuit, Alec monte de nouveau Black, au champ de courses. Dès qu'il se retrouve sur la piste, où son maître le promène au pas avant de le faire galoper, l'étalon, impatient de prendre le départ, tire fortement sur les rênes. Henry et Jake, accoudés à la lice, le regardent avec une attention passionnée, et Napoléon, attaché à côté d'eux, ne paraît pas moins intéressé qu'eux.

Fort de l'expérience précédente, Alec porte un chandail ajusté qui moule son torse ; il a mis de gros gants sur ses mains meurtries et enfoncé sur sa tête la toque verte de Henry, pour empêcher ses cheveux de le gêner. De temps à autre, l'étalon, cherchant à se libérer, pointe et tente de prendre le galop. Mais les deux mains d'Alec, posées très bas sur l'encolure, de chaque côté du garrot, maintiennent les rênes tendues à l'extrême et empêchent le pur-sang d'allonger le cou. Le cavalier n'est d'ailleurs pas moins impatient que sa monture de se lancer à toute allure sur la piste ; son cœur bat très fort à l'idée que, dans quelques minutes, il sentirait vibrer sous lui cette formidable machine à galoper, tandis que le vent fouetterait son visage.

Soudain, il laisse glisser les rênes entre ses doigts et l'étalon bondit. En quelques puissantes foulées, il trouve sa cadence et accélère progressivement ; son allure devient bientôt si rapide qu'Alec ne distingue plus le paysage ; seule la lice blanche bordant la piste lui sert désormais de guide, et il n'essaie pas de retenir son cheval.

— Vas-y, mon vieux, amuse-toi ! crie-t-il sans que Black puisse d'ailleurs l'entendre, tant le vent est violent.

Le premier tour de piste est effectué avec autant d'aisance que l'avant-veille, et quand le crack passe comme un bolide devant Henry et Jake, ceux-ci bloquent d'un même geste leurs chronomètres. Ils confrontent leurs résultats et se regardent.

— Je n'aurais jamais cru ça possible ! murmure Jake.

Quelques instants plus tard, Black, achevant

son second tour de piste, débouche du tournant sur la ligne d'arrivée.

— Regarde-moi cette foulée ! s'écrie Jake. Quelle prodigieuse mécanique !

— Et regarde-moi ce gosse ! réplique Henry. Crois-tu qu'il sait monter, le bougre ?

Jake, appuyant son menton sur ses mains, reprend :

— Je n'aurais jamais cru qu'un cheval pouvait avoir une telle endurance, et Dieu sait que j'en ai vu courir !

— Oui. Mais rappelle-toi que c'est un arabe !

— Non, Henry ! Il n'est sûrement pas cent pour cent arabe. Il est beaucoup plus grand et plus rapide qu'un arabe. C'est un pur-sang, bien sûr, mais le sang qui coule dans ses veines est le produit de plusieurs races, crois-moi ! En tout cas, il est sauvage, et ce n'est que par attachement pour ce garçon qu'il reste en ce moment sur la piste !

Droit sur ses étriers, et le buste collé à l'encolure de Black, Alec a l'impression de voler, et les larmes ruissellent sans arrêt sur ses joues. Tout à coup, à la fin du second tour, il aperçoit, en arrivant à hauteur de ses amis, la silhouette grise de Napoléon, qui vient d'entrer sur la piste, poursuivi par les deux vieux jockeys.

Or Black, qui a également vu son camarade

d'écurie, ralentit son allure. Jetant un coup d'œil en arrière, Alec aperçoit Napoléon qui galope vers lui, cherchant à rattraper l'étalon. Il tire sur ses rênes et Black ne fait aucune difficulté à passer bientôt au petit galop ; bien plus, avant même que son cavalier le lui demande, il fait demi-tour et revient vers le vieux cheval de trait, qui s'époumone courageusement sur la piste.

Quand ils ont rejoint Napoléon, celui-ci lève la tête, et Black vient frotter ses naseaux contre ceux de son compagnon. Cependant, si essoufflé qu'il soit, le vétéran n'entend pas en rester là ; il décide de profiter de l'occasion et, prenant le trot, il part en direction du tournant, bien décidé à faire, lui aussi, un tour de piste.

L'étalon, pivotant sur ses postérieurs, le rejoint en trois bonds, puis se met au trot et continue tranquillement la promenade nocturne, réglant son allure sur celle de son vieil ami, qui fait trois pas quand le pur-sang en fait un. Ils parcourent ainsi toute la ligne droite extérieure ; Napo regarde droit devant lui, tandis que Black secoue la tête en tous sens et s'amuse par moments à mordiller l'encolure de son compagnon. Dans le dernier tournant, le vieux cheval, à bout de souffle, passe au pas, mais ses yeux brillent de plaisir. Alec, en rejoignant ses amis, saute à terre et s'écrie gaiement :

— Eh bien, nous avons deux cracks, maintenant !

— Je ne sais pas ce qui lui a pris ! dit Henry. Tout d'un coup, il a cassé sa longe et il a filé sur la piste, derrière Black !

Jake passe sa main sur le dos et la croupe de Napoléon, et déclare :

— Je n'ai pas l'impression que cela lui ait fait du mal, au contraire !

Henry met la couverture sur le dos de Black et réplique :

— Tony se demandera probablement, tout à l'heure, pourquoi son cheval est si tranquille !

— Moi, dit Alec en riant, je crois au contraire qu'il sera beaucoup plus nerveux, et que Tony aura du mal à le tenir !

Jake jette une autre couverture sur Napoléon.

— Il l'a bien méritée, lui aussi, dit-il.

— Promène-les donc tous les deux, Alec ! reprend Henry. Il faut qu'ils se sèchent un peu avant que nous repartions.

Alec va sur la piste entre les deux chevaux, et prend plaisir à voir les efforts du vieux cheval pour dresser sa tête comme le fait Black. Il imite comiquement l'étalon, en levant haut ses pieds, voire en essayant de temps à autre de se cabrer.

Après un quart d'heure de marche, Alec

ramène les deux bêtes au van, où Henry et Jake l'attendent.

— Ah ! grommelle Henry, quand je le vois galoper comme ce soir, je donnerais n'importe quoi pour pouvoir l'engager dans une grande course. Bon sang ! Quel spectacle ce serait !

— Mais dis-moi, Henry, fait Alec, tu ne perds pas tout espoir, tout de même ?

— Non, petit ! réplique son ami d'un ton ferme. Parce que, même si je dois organiser moi-même une course, à mes frais, je le ferai ! Black courra, c'est moi qui te le dis !

Il y a un silence, pendant lequel Henry allume sa pipe. À la lueur de l'allumette, Alec remarque l'expression volontaire de son ami, dont les mâchoires saillent tandis qu'il tire sur sa pipe. La brise emporte les volutes de fumée grise, puis Henry se tourne vers Jake.

— As-tu un conseil à nous donner à ce sujet, mon vieux ? demande-t-il.

— Ma foi, non ! répond l'autre, après un instant de réflexion. Je crois que ton plan actuel est bon ; il faut le faire courir contre la montre et attendre la réponse à ta lettre.

— C'est bien ce que je pense, moi aussi ! dit Alec. Attendons. Mais je sens que Black a la classe des plus grands cracks, et d'une manière ou d'une autre, il faudra bien qu'un jour tout le monde s'en aperçoive, qu'il soit ou non un pur-sang enregistré au « stud-book » !

Des semaines s'écoulent, pendant lesquelles l'entraînement de Black se poursuit activement, mais sans qu'aucune réponse à la lettre de Henry lui parvienne. Enfin, un soir qu'Alec procède au pansage de Black, Henry fait irruption dans la cour, brandissant un papier.

— Voilà la lettre ! s'écrie-t-il, en déchirant fébrilement l'enveloppe.

Alec le voit parcourir le message et faire aussitôt une moue de désappointement. Henry tend la lettre à son ami ; elle est brève et ne contient que quelques lignes. Le garçon ne la lit même pas en entier, car la première phrase lui suffit. Elle dit :

Nous avons le regret de vous informer que, malgré des recherches approfondies, nous n'avons trouvé, dans nos dossiers, aucune trace d'un cheval dont la description corresponde à celle que vous nous avez adressée...

Alec rend le document à Henry, qui le chiffonne dans sa main et le jette nerveusement à terre.

Dans les jours qui suivent, le malheureux garçon ne peut cacher sa déception. Certes, il continue à prendre un intérêt passionné aux séances d'entraînement nocturne, mais un désir ardent croît en lui de jour en jour, celui de faire courir Black contre les plus grands cracks de l'époque, contre des chevaux comme Sun Raider et Cyclone, dont les noms deviennent de plus en plus célèbres, d'un bout à l'autre des États-Unis.

Les journaux, la radio et la télévision abondent en reportages sur ces deux grands champions, et Alec n'en laisse échapper aucun, se passionnant pour tous ces récits. Les experts s'accordent pour affirmer que Sun Raider et Cyclone sont sans conteste les deux plus remarquables pur-sang qui aient jamais galopé sur un champ de courses.

Sun Raider, champion de la côte du Pacifique, gagnant du « Santa Anita Handicap », est considéré comme le plus puissant et le plus rapide des chevaux de tous les temps. Quant à Cyclone, orgueil de l'Est, c'est un produit de l'élevage du Kentucky ; il y est né et y a été entraîné, avant de remporter le « Derby », le « Preakness », le « Widener Futurity », et jamais encore un concurrent ne l'a obligé à donner toute sa mesure. Si un jour il était contraint de s'employer à fond, affirment ses supporters, Cyclone stupéfierait le monde du turf, tant par sa vitesse que par son endurance.

Les rédacteurs sportifs publient de longs articles sur les deux chevaux, prophétisant ce qui se passerait si les deux cracks étaient opposés l'un à l'autre. Ceux de l'Est écrivent que, si Sun Raider venait courir dans l'Est, « il amènerait Cyclone à établir un nouveau record mondial ». Quant à ceux de l'Ouest, ils rétorquent que, si Sun Raider s'en allait courir dans l'Est, « il laisserait Cyclone sur place » !

Chaque grande course de la saison, gagnée par l'un ou l'autre des deux champions, suscite d'innombrables commentaires, si bien que leurs noms sont bientôt sur toutes les lèvres. Des hommes et des femmes qui n'ont jamais mis le pied sur un champ de courses discutent sur les mérites respectifs des deux chevaux, prennent parti pour l'un ou pour l'autre, et se demandent si on les ferait un jour courir ensemble. Et pendant ce temps, Henry et Alec, regardant travailler Black, sourient amèrement, sachant qu'ils entraînent un crack capable de battre les deux autres.

Quelques semaines plus tard, Alec fait irruption, un samedi soir, dans l'écurie où Henry l'attend ; il a à la main un journal qu'il tend à son ami.

— Tiens, lis l'article de Jim Neville ! lui dit-il.

Pendant que le vieux jockey s'absorbe dans sa lecture, Alec va dans le pré, où Black, dès qu'il le voit, fonce à plein galop vers lui. Quand il lui a donné les morceaux de sucre habituels, il le renvoie au pré et revient près de Henry.

L'article de Jim Neville, le plus en vue des journalistes spécialisés dans les courses, est ainsi conçu :

Il est inutile d'insister sur l'émotion que suscitent en ce moment, dans le monde du turf, les exploits des deux chevaux les plus rapides qui aient jamais couru sur une piste, Cyclone et Sun Raider. Depuis un an, des centaines, des milliers d'articles ont été écrits sur ces deux cracks, et d'un bout à l'autre des États-Unis on n'entend plus que des discussions sur le même sujet : des deux champions, quel est le meilleur ? Or l'ironie de la situation consiste en ce que, selon toutes probabilités, ces chevaux ne se rencontreront jamais. En effet, M.C. T. Volence, propriétaire de Sun Raider, n'enverra pas son cheval courir dans l'Est cet été, et M.E. L. Hurst, propriétaire de Cyclone, n'engagera pas davantage son cheval dans les grandes courses de l'Ouest. Eh bien, qu'on me permette de le dire, j'estime que ces deux propriétaires, en agissant ainsi, manquent à leur véritable devoir de sportsmen américains. Car voilà une course que la nation tout entière réclame à grands cris, et quelles que soient les raisons personnelles que ces messieurs invoquent pour ne pas opposer l'un à l'autre leurs champions, elles ne sauraient résister à l'argument péremptoire que j'ose leur opposer : la gloire de l'élevage et du turf américains. C'est dans cet esprit que je lance aujourd'hui l'idée suivante : un match devrait opposer, le mois prochain, à Chicago, Sun Raider et Cyclone. J'adresse aujourd'hui même aux deux propriétaires une proposition dans ce sens. Aucune course importante n'a lieu à cette époque-là ; et, pour venir à Chicago, les deux chevaux auront à peu près la même distance à parcourir, ce qui n'avantagera ni l'un ni l'autre. Ainsi, la question, tant de fois posée, de savoir lequel des deux est le plus rapide sera définitivement tranchée.

Henry lève la tête et regarde Alec.

— Si jamais ils acceptent, ce sera une grande course ! dit-il.

Deux jours plus tard, en rentrant du collège, Alec passe devant un kiosque à journaux où un gros titre attira son regard et le fait tressaillir :

MATCH CYCLONE – SUN RAIDER
LE 26 JUIN

Il achète aussitôt le journal et lit avidement l'article où Jim Neville annonce l'acceptation des deux propriétaires.

M. Volence et M. Hurst, écrit-il, *ont même été au-delà de mon offre. Ils ont, d'un commun accord, décidé d'abandonner leur part de recette des entrées à une œuvre de charité. C'est dire que je leur dois beaucoup d'excuses, car ils sont l'un et l'autre de vrais sportsmen, dans toute l'acception du terme…*

Alec rentre chez lui et avale son déjeuner en toute hâte, tant il lui tarde de savoir ce que Henry penserait de l'événement. Quand il arrive à l'écurie, il voit que son ami a le journal à la main.

— Alors, ça y est, petit ! grommelle-t-il. Ils ont marché !

— Oui, et je paierais cher pour voir ça ! fait Alec.

À ce moment, un cabriolet pénètre dans la propriété et stoppe devant la maison des Dailey.

— Tu sais qui c'est ? demande Henry.

— C'est Joe Russo, le petit journaliste qui a écrit un article sur Black et moi, le jour de notre arrivée à New York. Je ne l'avais pas revu depuis !

Joe saute à bas de sa voiture et vient à eux.

— Salut, Alec ! Bonjour, monsieur Dailey ! Je passais dans le quartier, et j'ai eu tout d'un coup envie de voir comment vous vous en tiriez avec votre étalon sauvage.

— Oh ! il est tout ce qu'il y a de calme, maintenant ! dit fièrement Alec.

— Enfin, c'est une façon de parler ! fait Henry en riant. Quand il le veut, il sait encore nous donner du fil à retordre. Tenez, regardez-le, là-bas, au fond du pré !

— Je vais l'appeler, pour que vous voyiez de plus près comme il est en bel état ! dit Alec, qui aussitôt siffle l'étalon.

Celui-ci revient au grand galop ; mais, à la vue de Joe, il s'arrête net, pointe légèrement, fait demi-tour et repart.

— Depuis le temps, il m'a oublié, le bougre ! s'écrie le reporter en riant.

Alec siffle de nouveau, et Black, docile, revient. Cette fois, son maître fait quelques pas à sa rencontre et le prend par le licol.

— Quelle beauté ! déclare Joe. Je savais bien, le soir de mon arrivée, que je voyais là le plus grand cheval que j'aie jamais rencontré !

— Et vous pouvez dire aussi le plus rapide, réplique Alec.

— Plus même que Sun Raider et que Cyclone ? fait Joe, en plaisantant.

— Comme vous le dites, mon jeune monsieur ! dit alors Henry. Il les battra quand on voudra !

— Dites donc, s'écrie Joe en riant, c'est que vous avez l'air de parler sérieusement, ma parole ! Voyons ! L'Amérique tout entière est en train de discuter pour savoir qui de Cyclone et de Sun Raider est le meilleur, et vous, vous venez froidement de déclarer que votre cheval est capable de les battre tous les deux ! … Croyez-moi, ce n'est pas une chose à dire en ce moment !

— Et pourquoi pas, Joe ? rétorque Alec. C'est la pure vérité ! Nous savons de quoi nous parlons. Nous l'avons fait courir…

Il s'interrompt et interroge Henry du regard.

— Ça ne fait rien, Alec ! Au point où nous en sommes, peu importe que la chose se sache, puisque nous ne pouvons l'engager dans aucune course.

— Dites-moi, fait Joe vivement intéressé. Vous l'avez vraiment entraîné ?

— Oui, dit Alec. Nous l'avons fait galoper à Belmont, la nuit.

— Et permettez-moi de vous affirmer, mon cher monsieur, enchaîne Henry, qu'aucun cheval au monde ne peut faire le tour de la piste de Belmont à l'allure de ce crack-là ! Ce que je vous dis n'est pas une impression ni une vague appréciation. Je l'ai chronométré, et pas une seule mais dix, vingt fois !

— Voilà ce qui s'est passé, explique Alec. Nous

comptions l'engager dans des courses importantes, et je l'aurais monté moi-même. Mais nous n'avons pas pu obtenir ses papiers. Nous avons écrit en Arabie ; il est impossible de retrouver ses origines. Alors, comme il n'est pas enregistré au « stud-book », nous ne pouvons pas le faire courir.

— C'est évident, murmure Joe. Remarquez que, si Black a toutes les caractéristiques du pur-sang, il est beaucoup trop sauvage pour provenir d'un élevage ordinaire.

— En tout cas, si nous sommes dans l'impossibilité de le faire courir, déclare Henry, ça n'enlève rien au fait que nous savons que Black est le plus rapide cheval de ce pays.

— Vous êtes absolument sûr de ce que vous dites ? réplique Joe en se grattant la tête.

— Absolument, répète Henry. Pourquoi ?

— Parce que je connais une course dans laquelle il pourrait être engagé sans papiers.

— À l'occasion d'un comice agricole ? fait Henry en riant.

— Que non pas ! Je pense au match Cyclone-Sun Raider !

— Mais voyons, c'est impossible ! dit Henry.

— Rien n'est impossible ! rétorque Joe. En tout cas, ce ne serait pas un manque de papiers qui pourrait l'empêcher de se mettre sur les rangs.

Il ne s'agit pas d'une course ordinaire, mais d'un match, comprenez-vous ! Il ne fait l'objet d'aucun prix distribué par une société de courses. C'est comme si, moi, je vous lançais un défi à la course, tout simplement. Les propriétaires louent l'hippodrome, amènent leurs chevaux et les font courir ensemble. Tout ce que vous avez à faire, c'est d'obtenir des deux propriétaires qu'ils autorisent Black à participer au match.

— Hé oui ! C'est tout ! s'écrie Henry. Et je maintiens que c'est pratiquement impossible.

— Il y a pourtant une petite chance pour qu'ils y consentent, Henry, dit Alec, soudain ragaillardi.

— Bien dit, petit ! réplique Joe. Et tant qu'il y a de la vie, il y a de l'espoir, pas vrai ?

— Comment voyez-vous la chose possible, Joe ? demande Henry.

— Je ne peux pas vous le dire comme ça, mais je travaille au même journal que Jim Neville, qui a lancé toute cette affaire. Peut-être qu'il nous aiderait…

— Si vous lui parliez de Black, propose Alec.

— En effet. Il a la passion des chevaux, et il est convaincu que Cyclone est imbattable, même par Sun Raider. Si je lui dis que je connais un cheval capable de les battre tous les deux, il va me traiter de fou, probablement ! Mais… vous êtes absolument sûrs de Black ?

— Voyons ! fait Henry en souriant. Je comprends votre scepticisme. Mais venez donc le voir courir un de ces soirs, et amenez Jim Neville, avec son chronomètre. Vous jugerez vous-mêmes, et il aura de quoi faire un bel article, c'est moi qui vous le dis !

— Bonne idée, Henry ! répond Joe. Je vais voir Jim cet après-midi. Quand a lieu votre prochain galop ?

— Demain soir, répond Alec.

— Si vous le pouvez, vous n'avez qu'à vous trouver à la grille de Belmont à deux heures du matin, dit Henry.

— Dites donc, ça a tout l'air d'un roman policier, votre histoire ! Mais c'est entendu. Moi, en tout cas, je viendrai, et j'ai comme l'idée que Jim sera de la fête ! Alors, à demain !

— À demain ! répliquent Henry et Alec.

Joe remonte dans sa voiture et démarre, tandis que Black, le regardant partir, hennit gaiement.

15

LE CHEVAL MYSTÉRIEUX

Lorsque, le lendemain soir, Alec et Henry arrivent à la grille de Belmont, la voiture décapotable de Joe les y attend. Elle est occupée par deux hommes.

— C'est sans doute Jim Neville qui l'accompagne ! murmure Alec, plein d'espoir.

Henry stoppe le van et donne comme d'habitude deux petits coups de klaxon ; puis, se penchant à la portière, il dit à Joe :

— Laissez votre voiture là et montez sur le camion, nous n'allons pas loin !

Tandis que Jake ouvre la grille, Joe et son ami, se conformant aux instructions de Henry, prennent place chacun sur un marchepied. Le jeune reporter passe la tête à l'intérieur de la cabine.

— Ça y est ! fait-il à voix basse, en clignant de l'œil.

Il met un doigt sur ses lèvres et sourit, en ajoutant :

— Chut ! Nous sommes en plein mystère ! Où allons-nous ?

— Tenez-vous ! réplique Henry. Vous allez bien voir ! …

Cinq minutes plus tard, il arrête le van au bord de la piste. Dès que les deux associés en sont descendus, ils se trouvent en présence d'un grand gaillard aux épaules carrées qui se tient à côté de Joe ; il est coiffé d'un chapeau de feutre qu'il a repoussé en arrière, dégageant un large front et d'épais cheveux bruns entremêlés de mèches grises. Alec se dit que Jim Neville correspond assez bien à l'image qu'il s'est faite du grand journaliste.

Dès que Joe a fait les présentations, Jim déclare :

— Je vous avouerai franchement que, si je suis venu ce soir, c'est par conscience professionnelle. J'ai grande confiance en mon jeune copain Joe ; mais, connaissant à fond les courses et l'élevage de ce pays, je me refuse à croire qu'il puisse exister actuellement en Amérique un cheval capable de s'aligner avec Cyclone et Sun Raider.

— C'est tout naturel, réplique Henry en souriant. Moi-même, si je n'avais pas vu courir Black, je parlerais comme vous.

— Dites-moi, monsieur Dailey, reprend Jim, vous ne seriez pas, par hasard, le même Henry Dailey qui a gagné tant de courses il y a une vingtaine d'années, avec cet étonnant crack qui s'appelait Chang ?

— Bien sûr que si ! répond fièrement Alec.

Jim Neville ramène son chapeau sur sa tête, et l'on peut constater que, dès ce moment, il redevient le reporter chevronné attelé à une importante enquête.

— Et vous croyez fermement, reprend-il, que votre cheval est capable de battre Cyclone et Sun Raider ?

— Absolument, dit Henry. Mais Black ne m'appartient pas. Il est à Alec et je me borne à lui donner un coup de main pour l'entraînement.

— Je ne vois pas pourquoi vous discutez, déclare Joe. Montrez-lui donc le cheval : il jugera par lui-même.

— Bien dit, Joe ! répond Alec, qui s'en va ouvrir le van et fait sortir l'étalon.

Dès qu'il le voit paraître, Jim s'écrie :

— Ma parole, mais c'est un géant !

Black secoue la tête vigoureusement. Il est en pleine forme et tout heureux à l'idée de galoper une fois de plus sur la piste. Il tourne sa belle tête sauvage vers les assistants et esquisse une courbette ; mais Alec le tient d'une main ferme et le calme de la voix et du geste.

À ce moment, Jake vient les rejoindre, et Henry le présente aux journalistes.

— Dis donc, mon vieux, dit le vieux jockey à son ancien élève, ça m'a l'air de commencer à porter ses fruits, notre petit travail !

Cependant Jim tourne lentement autour de l'étalon et l'examine avec la plus grande attention.

— Méfiez-vous ! s'écrie Alec. Ne passez pas trop près de lui. Comme il ne vous connaît pas, il pourrait botter !

— Ne t'en fais pas, petit ! réplique le journaliste. Pas de danger que je m'approche de ce seigneur-là ! Je commence à me rendre compte de ce que vous avez en tête, mes bons amis ! S'il galope aussi bien qu'il se présente…

Il est interrompu par l'apparition de Napoléon, que Henry fait sortir du van.

— Hé là ! s'écrie Jim. Qu'est-ce que c'est que celui-là ? Encore un champion ?

— Je vous présente le sieur Napoléon ! dit Henry en riant.

— C'est le compagnon d'écurie de Black, explique Alec. Sa présence a le don de calmer mon cheval ; c'est pour ça que nous les amenons toujours ici ensemble.

Jim Neville regarde Napo qui, s'approchant du pur-sang, frotte ses naseaux contre ceux de Black.

— Ça m'a tout l'air d'être une excellente méthode ! murmure-t-il.

Peu après, Henry met Alec en selle. L'étalon piaffe nerveusement et essaie d'attraper d'un coup de dent la manche de Jim qui se trouve trop près de lui. De toute évidence, ce surcroît d'assistance l'énerve. Il ne cesse de secouer la tête de haut en bas, faisant ainsi retomber sur son chanfrein sa lourde crinière. Tout à coup, il se cabre, et l'un de ses antérieurs atteint Henry au bras. Alec réussit, en le jetant de côté, à le faire revenir à terre, tandis que Jake retrousse la manche, rouge de sang, de son ami.

— Tu es sérieusement blessé, Henry ? demande Alec.

— Rien de cassé, répond Jake, mais il y a une profonde entaille. On va aller chez moi, pour le panser comme il faut.

— Il n'en est pas question ! déclare Henry. Nous sommes ici pour travailler et non pour jouer aux infirmiers ! Que mon bras saigne un peu, ça n'a aucune importance. On va bien le serrer avec des mouchoirs et on s'en occupera plus tard.

Quand on entreprend une affaire comme celle-là, il faut être prêt à encaisser des coups bien plus durs que ça, c'est moi qui te le dis !

— Il n'y a pas de doute ! renchérit Jim. Parce que ce cheval-là, c'est un vrai démon.

— Mais non ! répliqua Henry. Nous l'avons énervé, voilà tout ! C'est la première fois qu'il me fait ça, et encore, je suis convaincu que c'est arrivé malgré lui !

Comme Black menace de pointer encore, Jake s'écrie :

— Va, petit ! Emmène-le sur la piste !

L'étalon pénètre en piaffant sur l'hippodrome et Alec le sent tressaillir d'impatience.

— Allons, mon grand, ne fais pas le fou ! lui dit-il en passant une main sur le haut de l'encolure.

Il lui fait faire au pas un bout de chemin, puis le ramène devant les assistants qui, accoudés à la lice, ne le perdent pas de vue. La nuit est claire et douce.

— Bon sang ! grommelle Joe. Ce gosse-là n'a pas froid aux yeux ! Ce n'est pas une amusette que de monter ce crack !

Alec ajuste le plus possible ses rênes et baisse les mains. Au cours de l'entraînement, il a pris conscience du danger que présentent ces galops furieux de Black, surtout quand le pur-sang prend le mors aux dents. Il est sûr que son cheval ne lui fera jamais volontairement du mal ; mais, quand il perd la tête, Black redevient l'étalon sauvage et indompté que, sans doute, nul ne pourrait jamais dresser complètement.

Alec fait faire demi-tour à sa monture et, se dressant sur ses étriers, penche son buste en avant, au point que sa tête se trouve contre celle du pur-sang.

— Va, maintenant, lui dit-il à l'oreille. Montre-leur ce que tu peux faire !

L'étalon bondit, et ses longues jambes nerveuses se mettent à fonctionner rapidement, comme les bielles d'une machine tournant de plus en plus vite. Les sabots frappent le sol en cadence, comme les gigantesques baguettes d'un tambour dont Alec entend le roulement ininterrompu. Jamais encore Black n'a couru si vite, en sorte que bientôt son cavalier a l'impression de devenir insensible ; il ne voit plus rien et n'entend plus que le vent assourdissant, contre lequel il lutte de toutes ses forces pour tenter de respirer. Il ne pense plus qu'à deux choses : tenir bon sans gêner Black et tâcher de le maintenir le long de la corde.

Mais bientôt il ne peut même plus voir la lice, car ses yeux ruissellent de larmes ; cramponné à la crinière, et le buste collé contre l'encolure de son cheval, il baisse la tête autant qu'il le peut pour aspirer des gorgées d'air, comme un nageur de crawl qui sort la tête de l'eau. Il ne sait plus en quelle partie de la piste il se trouve, et ne se rend compte que du galop endiablé qui se poursuit sans à-coups, mais à une cadence véritablement infernale. Puis, progressivement, ses oreilles se mettent à bourdonner, et malgré des efforts désespérés pour lutter contre l'engourdissement qui l'envahit, il perd toute notion du monde extérieur.

Quand il reprend connaissance, des bras le soutiennent et l'étendent sur le dos, par terre. Ouvrant les yeux, il aperçoit le van et, autour de lui, un cercle d'hommes qui le regardent. Tout contre lui, Henry est agenouillé : sa manche gauche retroussée laisse voir, autour de son avant-bras, un pansement rudimentaire et maculé de sang. Alec regarde ses propres mains ; ses poings encore fermés tiennent une quantité de crins noirs. Machinalement, il ouvre ses doigts gantés, examine ces touffes de crins, puis lève vers Henry un regard interrogateur. Il éprouve quelque peine à parler :

— Mais comment ? …

— Tout va bien, petit, réplique aussitôt son ami. Tu ne voulais pas lâcher la crinière ! … Comment te sens-tu ?

— Un peu abruti ! … Où est Black ?

— En excellent état, dans le van, avec Napo !

— Est-ce que je suis tombé, Henry ?

C'est Jake qui lui répond, de sa voix pointue :

— Tombé ? Ah, tu en as de bonnes ! … Si ce diable de Black courait encore, tu serais toujours dessus ! Rends-toi compte ! Quand il a fini par s'arrêter, il a fallu que Henry coupe avec son couteau la crinière que tu tenais à pleines mains ; sans ça il n'aurait jamais pu t'enlever de la selle. Et même comme ça, il a eu bien du mal, parce que nous ne pouvions pas approcher de ton démon.

— Je suis rudement content d'être resté dessus, dit Alec. Tu sais, Henry ! Nous ne l'avions pas encore vu donner sa mesure ! Cette fois-ci, je n'ai pas réussi à trouver ma respiration. C'est sans doute ça qui m'a fait perdre connaissance.

— Sans doute, mon gars ! fait Henry. Ce qui est sûr, c'est qu'il faut un rude cran pour le monter, et que je suis fier de toi, tu sais ! Tâche de te lever maintenant. Plus vite tu marcheras, mieux ça vaudra !

Jake et Henry l'aident à se remettre debout ; pendant quelques minutes, il se sent encore très chancelant, et la terre continue à lui paraître instable ; puis, petit à petit, son cerveau se dégage et il respire, d'un souffle plus profond et régulier, l'air frais de la nuit.

C'est alors que Jim s'approche de lui.

— Bravo, mon petit gars ! dit-il. Dieu sait que j'en ai vu courir, des chevaux et des jockeys, tant en course qu'à l'entraînement. Eh bien, je te le dis comme je le pense, je n'ai jamais assisté à une séance qui puisse être comparée à celle de cette nuit ! … Vous aviez raison, monsieur Dailey, continue-t-il, tourné vers Henry. Black est le cheval le plus rapide que l'on ait jamais possédé aux États-Unis. J'ai peine à en croire mes yeux, mais ça, fait-il en élevant devant son visage son chronomètre, c'est un appareil qui ne souffre aucun démenti. Allons, Joe, il faut filer maintenant, si nous voulons que notre papier paraisse dans les journaux de ce matin !

— D'accord, Jim.

— Revenez quand vous voudrez, répond Henry. Nous vous laisserons assister gratis aux performances du plus grand crack de tous les temps !

— Bien volontiers ! déclare Jim Neville. Et si ça ne dépend que de moi, dites-vous bien qu'il y aura bientôt une foule de gens qui verront au travail cet extraordinaire animal !

Alec, bouleversé d'émotion, saisit le bras de Neville et lui dit :

— Vrai de vrai, Jim, vous croyez que nous pourrons réussir à le faire courir ?

— Je ne te promets rien, mon petit, réplique le journaliste. Mais tu peux compter sur moi pour lancer un ballon d'essai qui va faire du bruit ! Lis mon article, tout à l'heure, et tu verras. Et maintenant vite au travail ! Allons, viens, Joe !

— Je vous accompagne, pour vous ouvrir la grille ! dit Jake.

Quand ils se sont éloignés, Henry passe son bras valide sous celui d'Alec et lui fait faire quelques pas. Le garçon ne tarde pas à se sentir mieux, en sorte qu'ils peuvent remonter dans le van pour prendre le chemin du retour. Par la petite glace de la cabine, Alec voit que Black ne le quitte pas des yeux.

— Eh bien, mon bonhomme, lui dit-il, je crois que tu t'es régalé, ce soir ! …

— En tout cas, déclare Henry, tu as convaincu Jim Neville, et ça, c'est quelque chose ! Pourvu, maintenant, que son action aboutisse à faire engager Black dans ce match !

— Nous n'avons plus qu'à attendre et à espérer ! murmure Alec.

Le lendemain se trouve être un samedi et Alec ne va pas au collège. Dès qu'il a achevé son petit déjeuner, il court à l'écurie. Henry commence toujours sa journée par la lecture des nouvelles, et sans doute est-il déjà en train de dévorer l'article de Jim Neville. Effectivement, Alec le trouve assis devant l'écurie et plongé dans son journal.

— Qu'est-ce qu'il dit ? demande anxieusement le garçon.

— Lis donc toi-même ! réplique son ami, qui, tout souriant, lui tend la feuille.

Un gros titre attire son regard :

QUEL EST LE MYSTÉRIEUX CHEVAL QUI PEUT BATTRE À LA FOIS CYCLONE ET SUN RAIDER ?

Oui, je sais, écrit Jim, *je suis le type qui a dit et écrit cent fois qu'aucun cheval au monde, pas même Sun Raider, ne pourrait jamais battre Cyclone, l'extraordinaire alezan dont on dirait que le cœur est bourré de dynamite. Et c'est moi qui ai proposé à MM. Volence et Hurst le match qui opposera, dans quinze jours, leurs deux champions.*

Dans mon esprit – et je pense qu'il en est de même pour tous les sportsmen américains – cette course n'a qu'un but : déterminer quel est le cheval le plus rapide des États-Unis. Cyclone et Sun Raider ont, chacun de leur côté, battu tous leurs concurrents chaque fois qu'ils ont couru, en sorte qu'il était normal de les opposer l'un à l'autre pour régler une fois pour toutes cette question de suprématie.

Or voici qu'à mon avis, ce match ne pourra pas nous apprendre quel est le cheval le plus rapide de ce pays ! Allons donc ! me direz-vous. C'est vous, le promoteur de la rencontre, qui prétendez maintenant qu'elle ne prouvera rien ? Hé oui ! Et cela pour la bonne, pour l'excellente raison, que je viens de voir un cheval capable de battre à la fois Cyclone et Sun Raider ! Il faut bien que je vous le dise, à vous, les vrais, les purs sportsmen, qui vous apprêtez à couronner bientôt le vainqueur de Chicago comme étant le cheval le plus rapide du monde ! Car ce ne sera pas vrai ! Il existe, dans ce pays, un autre cheval, un très grand cheval, qui peut battre nos deux champions chevronnés !

Il n'est que juste de vous dire que ce cheval n'a jamais couru une seule course sur nos hippodromes, et n'en courra sans doute jamais, faute d'avoir été dûment et légalement enregistré au « stud-book ». Alors, me voilà parvenu au terme de mon message, amis turfistes. Tout ce que je vous demande, obéissant ainsi à un scrupule de ma conscience, c'est de vous rappeler, le jour où vous acclamerez le gagnant de ce match mémorable, que je connais un cheval, un mystérieux cheval se trouvant ici même, à New York, qui, très probablement, pourrait faire mordre la poussière à ce champion du monde.

— Eh bien, il ne mâche pas ses mots ! dit Alec.

— Tu l'as dit, fiston. Avant ce soir, il va se trouver submergé sous une vague de protestations !

— Il n'a pourtant pas proposé que Black participe au match…

— Non, mais il a laissé la porte entrouverte ! Et je parierais volontiers que quelqu'un ne va pas tarder à la rouvrir !

— Oh ! pourvu que ça réussisse, Henry ! Imagine-toi ce que ce serait : Black courant contre Cyclone et Sun Raider ! Tonnerre ! Quelle course ! … Je n'ose y penser !

— Oui ! murmure Henry, qui, après un instant de réflexion, demande : Dis-moi, petit, si jamais nous arrivons à engager Black dans ce match, crois-tu que tes parents marcheraient ? … Je veux dire, qu'ils te laisseraient monter le cheval ?

— Il le faudra bien ! réplique le garçon en regardant son ami d'un air grave. Je crois qu'ils comprendront, surtout quand je leur aurai appris ce que nous avons fait à Belmont. Ce qui est drôle, c'est que maman vient justement de décider, hier soir, qu'elle irait la semaine prochaine passer quinze jours à Chicago, chez ma tante. Elle sera là-bas au moment même où le match aura lieu !

— Ça, par exemple, c'est une coïncidence !

— Remarque que maman ne s'intéresse pas du tout aux courses et qu'elle ne se dérangera même pas pour y assister, à mon avis ! Je crois donc qu'il vaut mieux que je ne dise rien chez moi, tant que nous ne saurons pas si Black est invité à participer au match. S'il est engagé, je parlerai à papa et il comprendra sûrement.

— J'espère que tu ne te trompes pas ! grommelle Henry, quelque peu sceptique.

Quand Alec feuillette les journaux du soir, il constate que Henry a vu juste, en prédisant une levée de boucliers contre Jim Neville. Ses confrères de la presse spécialisée tournent en ridicule ses déclarations, qu'ils qualifient d'insensées : il faut être fou pour prétendre qu'à New York même se trouve un cheval capable de battre les deux champions américains.

Or les articles de Jim Neville sont reproduits par une quantité de journaux, dans tous les États de l'Union, de l'Atlantique au Pacifique, car son opinion fait autorité dans le monde des courses ; ses déclarations sur le cheval mystérieux suscitent donc de jour en jour une curiosité passionnée. Dédaignant les critiques, il prend soin de ne pas laisser le grand public oublier ce qu'il a annoncé, et, chaque jour, il revient sur la question, dans les chroniques hippiques qu'il publie dans la presse ou prononce à la radio. Tant et si bien qu'un jour, un de ses confrères écrit :

Seule une personnalité aussi connue et estimée que Jim Neville était capable de susciter un hourvari comme celui auquel donne lieu actuellement son mystérieux cheval, dont chacun discute les mérites, se demandant si cet animal exceptionnel est vraiment capable de battre nos deux grands champions.

Une semaine après avoir été lancée, la boule de neige de Jim Neville continue à rouler et à augmenter de volume, et le monde du turf commence à exiger de savoir qui est le mystérieux cheval. À toutes ces demandes, la seule et invariable réponse de Jim est qu'il a promis de garder le secret sur les noms du crack et de son propriétaire, mais qu'il peut les présenter au public, en quelques instants, si la chose se révèle nécessaire.

Il appelle Henry et Alec au téléphone et leur dit :

— Ne le faites plus courir à Belmont ! L'affaire se corse beaucoup plus que je n'osais l'espérer ! Je suis maintenant persuadé que Black sera dans la course !

Une semaine s'écoule ainsi. Mme Ramsay part pour Chicago huit jours avant la date prévue pour le match. Alec doit maintenant se contenter de faire travailler Black dans le pré, le matin, avant d'aller au collège, et l'après-midi.

Il arrive généralement à l'écurie à l'heure où Tony attelle Napoléon pour partir au travail. Après un rapide pansage à la brosse douce, il selle Black et le travaille au trot et au galop pendant une demi-heure, dans le pré. Dès qu'il se retrouve en selle, il se sent un autre être ; il oublie ses préoccupations, la course problématique, les leçons et les devoirs du collège, l'avenir… Il réintègre aussitôt un monde à part, un monde connu de lui seul : c'est comme si, volant au-dessus des nuages, il ne voyait plus la terre…

Un matin qu'il s'est attardé à monter Black, il trouve, en le ramenant à l'écurie, Henry qui l'attend.

— Excuse-moi, Henry, lui dit-il. Mais je suis resté plus longtemps que je n'aurais dû, et il faut que je file, pour ne pas être en retard au collège. Peux-tu être assez gentil pour le desseller et le bouchonner un peu ? Moi, je n'ai plus le temps…

— Bien sûr, réplique son ami en souriant jusqu'aux oreilles. Mais, même si ça doit te mettre en retard, je pense que tu tiendras, avant de partir, à lire ceci !

Ce disant, il lui tend le journal du matin. Alec le prend avidement et son cœur se met à battre à grands coups. Un gros titre annonce :

LE CHEVAL MYSTÉRIEUX PARTICIPERA AU MATCH DE CHICAGO

Son émotion est telle qu'il doit attendre un instant pour continuer la lecture de l'article.

Jim Neville s'exprime comme suit :

J'ai reçu hier l'une des lettres les plus sportives que j'aie jamais trouvées dans mon courrier. Elle émanait de M.E. L. Hurst, le sympathique propriétaire de Cyclone. Elle était courte et précise. M. Hurst m'a informé que le match de Chicago ayant un caractère purement sportif et le produit des recettes devant aller à des œuvres de charité, il ne voyait aucune raison pour que mon mystérieux cheval ne participât pas à la course. M. Hurst est convaincu que Cyclone n'a jamais été obligé de donner sa mesure, et il ne craint aucun rival. Si donc le propriétaire du cheval mystérieux pense que son crack peut battre Cyclone, il sera le bienvenu dans cette compétition ; M. Hurst accepte volontiers ce troisième concurrent pourvu que le propriétaire de Sun Raider, M.C. T. Volence, soit du même avis.

Dès réception de cette lettre, j'ai aussitôt téléphoné à Los Angeles pour en communiquer le texte à M. Volence. Celui-ci s'est déclaré entièrement d'accord avec M. Hurst : il a ajouté que, étant donné les commentaires suscités dans le pays par la révélation du cheval mystérieux, mieux valait faire d'une pierre deux coups ; cela lui éviterait, après la victoire de Sun Raider sur Cyclone, d'avoir à faire disputer un nouveau match à son champion. « Comme ça, m'a-t-il déclaré, il pulvérisera en même temps Cyclone et Folie de Neville ! »

Folie de Neville ! *... Hé, hé !, monsieur Volence, attendez un peu de l'avoir vue en action, ma Folie ! ...*

Ainsi se termine l'article. Alec, levant les yeux vers Henry, sourit à son ami. Contrairement à ce qu'il aurait cru, il ne se sent pas bouleversé d'émotion ; et il se rend compte qu'en réalité, depuis la venue de Neville à Belmont, il n'a jamais cessé de croire au succès de l'entreprise. Maintenant qu'il en est sûr, il demeure calme et maître de lui.

— Ça y est tout de même ! dit-il simplement.

Les deux amis s'en vont ensemble à l'écurie,

où Black, passant la tête par-dessus la porte de son box, paraît surpris de n'avoir pas encore été pansé, comme après chaque séance de travail.

16

PRÉPARATIFS

Ce jour-là, Alec n'aurait pu prétendre aux félicitations de son professeur pour son assiduité : les heures de classe lui paraissent interminables. Sans cesse lui revient à l'esprit la même pensée : dans huit jours exactement, il monterait sa première course, et ce serait pour affronter les deux plus grands champions des États-Unis, Cyclone et Sun Raider. À certains moments, il a peine à y croire ; est-ce bien à lui, Alec Ramsay, que cela arrive ?

Lorsque, après dîner, M. Ramsay s'installe au salon pour lire, son fils va le rejoindre ; il s'assoit sur une chaise et feuillette nerveusement les pages d'un magazine. M. Ramsay, levant les yeux vers lui, annonce :

— J'ai reçu une lettre de maman, Alec. Elle a l'air très contente de son séjour à Chicago. Ta tante l'emmène voir un tas de choses intéressantes. Elle compte rester trois semaines. Ça te va ?

— Bien sûr, papa ! Tu es si bon cuisinier !

— Merci ! fait son père en riant. Tes examens de fin d'année vont commencer bientôt, je pense ?

— Oui, lundi.

— Tu te sens prêt ?

— Je crois que oui !

M. Ramsay allume sa pipe et reprend la lecture de son journal, tandis qu'Alec continue à tourner les pages de la revue, et leur bruissement trouble seul le silence de la pièce. Face au journal grand ouvert qui lui cache le visage de son père, le garçon se racle la gorge et s'apprête à parler, quand M. Ramsay, posant les feuilles sur ses genoux, lui dit :

— Depuis quelque temps, on ne peut plus rien lire, dans la presse, que des articles sur le match qui opposera vendredi à Chicago les grands cracks ! Je me demande un peu quel est ce mystérieux cheval que Jim Neville a obtenu de faire participer à la course.

Le cœur d'Alec bat plus fort.

— Justement, papa…

— Oui, mon petit ?

— Eh bien, c'est de cela que je voulais te parler… parce que…

Du coup, M. Ramsay laisse tomber son journal par terre et scrute intensément le visage de son fils. Et Alec, d'une voix mal assurée, lui annonce :

— Le cheval mystérieux… eh bien… c'est Black !

Son père, abasourdi, le dévisage sans pouvoir articuler un mot. Puis, après un très long silence, il balbutie :

— Tu veux dire… que Black est ce cheval… dont tout le monde parle ?

— Oui, papa. C'est bien ça !

Alec se lève et va à la fenêtre, dont il soulève le rideau, pour le laisser aussitôt retomber.

— Mais qui va le monter, dans une course pareille ?

— Moi, répond-il doucement.

Quelqu'un sonne à la porte d'entrée. Alec sait que c'est Henry, qui répond ainsi au signal donné à la fenêtre.

— J'y vais, papa, dit-il.

Henry entre et ôte son vieux chapeau de feutre.

— Bonsoir, monsieur Ramsay ! fait-il simplement.

— Bonsoir, Henry ! Content de vous voir ! Vous devez naturellement être dans ce coup-là ! Alors, racontez-moi en détail ce que vous avez fait tous les deux de ce diable de cheval ! Depuis quelque temps, je sentais bien qu'il y avait anguille sous roche, mais jamais je n'aurais imaginé quelque chose d'aussi ahurissant !

— C'est une longue histoire, monsieur Ramsay ! dit Henry.

Pendant une demi-heure, il fait le récit des séances de dressage de Black. Alec ne quitte pas des yeux son père, qui écoute le vieux jockey avec une extrême attention. Comment va-t-il prendre la chose ? Il aime beaucoup les chevaux, lui aussi, mais le laissera-t-il monter cette course ? C'est une chance que Mom soit absente ! Quand Henry a achevé son exposé, M. Ramsay se tourne vers son fils :

— Laisse-nous un instant, je te prie, mon enfant ! dit-il.

Alec sort et monte dans sa chambre. Henry fixe sur son hôte un regard ardent.

— Il faut que vous le laissiez monter cette course, monsieur Ramsay ! dit-il. Il s'est donné corps et âme à cette entreprise ! Alec n'est plus l'enfant que vous avez envoyé aux Indes l'été dernier, vous le savez aussi bien que moi ; il en est revenu mûri avant l'âge, et vous ne pouvez que vous en féliciter !

— Mais, Henry, c'est une course si dangereuse pour un garçon de son âge ! Et ce cheval, tellement sauvage, n'a jamais couru ! Dieu sait ce qu'il va faire !

— Ce ne sera pas plus dangereux, croyez-moi, que ce qu'il a affronté tant de fois, depuis l'heure où son bateau est allé par le fond. Au cours de ces derniers mois, je crois pouvoir vous dire, monsieur Ramsay, que j'ai appris à bien connaître votre fils. En toute franchise, je ne crains pas d'affirmer qu'il est différent de nous tous. Il a trouvé quelque chose qui nous échappera toujours, à nous autres, parce que nous ne passerons vraisemblablement jamais par les épreuves qu'il a traversées ! … D'autre part, ajoute-t-il après avoir marqué un temps, je serais, moi, rudement fier si j'avais un fils capable de monter cet étalon noir, car c'est, j'en suis sûr, quelque chose que personne d'autre que lui ne pourra jamais faire !

M. Ramsay se lève et arpente la pièce de long en large pendant quelques minutes, sans rien dire. Puis il se dirige vers la porte et répond :

— C'est d'accord, Henry ! Je vais informer Alec que je l'autorise à monter Black dans cette course.

Le lendemain, Jim Neville téléphone à Henry

que tout est arrangé pour la participation de Black au match de Chicago. Les frais de transport et de déplacement des chevaux, des propriétaires, des entraîneurs et des jockeys seront prélevés sur les bénéfices de la réunion. Cyclone et Sun Raider quitteront leurs écuries le lundi ou le mardi au plus tard, pour qu'on puisse leur donner quelques galops sur le terrain avant la rencontre. Mais Henry ne peut indiquer la date exacte de leur départ ; elle dépend d'Alec, qu'il lui faut consulter.

— Dans tous les cas, déclare Jim, j'insiste pour que vous ne fassiez plus galoper Black à Belmont. Je m'efforce de conserver le secret sur l'identité du cheval mystérieux, parce que, si jamais on la découvrait, vous seriez envahis de reporters, et cela rendrait les derniers jours encore plus difficiles. Black n'aura que trop d'occasions de s'énerver, sans celle-là ! Un mot encore, Henry ! Vous êtes sûr qu'il est en bonne forme, oui ? ... Parce que je ne sais pas si vous vous rendez compte de ce que je risque ! Il m'a vraiment fait perdre la tête, le bougre ! Il y a des moments où je me demande si je n'ai pas rêvé, la nuit où j'ai été le voir courir à Belmont ! Alors, je regarde mon chronomètre ; c'est la seule chose qui me redonne confiance !

Henry éclate de rire au téléphone et réplique :

— Ah ! ne vous en faites pas, allez ! Il est au meilleur de sa forme. Vous pouvez me croire !

Peu après cet entretien, Alec arrive à l'écurie.

— Jim vient de me téléphoner, lui dit Henry. Tout est prévu pour le voyage de Black et son séjour là-bas. Ça ne nous coûtera pas un centime. Ce qu'il faut décider, c'est la date de notre départ. Cyclone et Sun Raider partent au plus tard demain, pour disposer de quelques jours là-bas, afin de s'habituer au terrain.

— Je viens d'en parler encore avec papa, répond Alec. Il ne met qu'une condition à son autorisation, c'est que j'aie fini de passer mes examens de fin d'année.

— Et quand doivent-ils se terminer ?

— Je commence demain et le dernier a lieu jeudi matin.

— Zut, grommelle Henry. La course est samedi ! Tu te rends compte ?

— Oui. Mon père a téléphoné à la gare. Nous avons un train qui part jeudi après-midi et qui nous met à Chicago vendredi matin. Il n'y a pas d'autre solution, Henry. Je ne peux pas refuser ça à papa, qui a été vraiment chic !

— Tu as raison, petit ! Et après tout, ça n'est pas une mauvaise chose. Nous aurons quand même un jour devant nous là-bas, et je crois que

Black n'aimera pas beaucoup attendre, dans cet endroit qu'il ne connaît pas.

Le jeudi matin, Alec pose sa plume en poussant un soupir de soulagement. Sa dernière composition est enfin terminée ! Il essuie avec soin sa feuille avec du papier buvard et regarde l'heure. Presque midi ! Il n'a pas de temps à perdre, s'il veut attraper le train de trois heures. Il va remettre sa copie au professeur et sort de la classe. Dans la cour, il rencontre ses camarades Whiff et Bill.

— Ça a marché ? demande Bill.

— Pas mal ! dit Alec sans s'arrêter.

Les deux garçons lui emboîtent le pas.

— Ce que tu es pressé ! s'écrie Whiff.

— Oui, on m'attend chez moi. Du travail urgent.

— Comment ça marche, avec Black ? demande Whiff.

— Ça va ! Pourquoi ne venez-vous plus le voir ?

— Merci bien ! réplique Whiff. Moi, il ne me dit rien, ton cheval ! Il a l'air bien trop dangereux pour mon goût.

— Pour moi aussi, fait Bill. À propos de chevaux, tu vas regarder la grande course de Chicago, après-demain, à la télévision ?

Alec hausse les épaules, sans répondre.

— Ça va être sensationnel ! reprend Bill. Je

me demande un peu de quoi va avoir l'air ce mystérieux cheval.

— Oh ! déclare Whiff, c'est un coup de publicité. Comment veux-tu qu'il résiste à Cyclone ? Il n'existera pas !

— Surtout avec Sun Raider dans la course ! dit Bill. Pour lequel parierais-tu, Alec ?

— Dame, réplique-t-il en riant. Puisque vous prenez les deux autres, je n'ai pas le choix ; il ne me reste que le cheval mystérieux ; alors, va pour celui-là !

— Tu es fou !

— On verra bien ! Au revoir, les gars !

— Au revoir, vieux !

En arrivant chez lui, il trouve son père qui l'attendait et, pendant leur rapide repas, ils ne parlent pas de la course. Puis ils vont ensemble à l'écurie. Alec n'est pas nerveux, seulement préoccupé de ne pas gêner Black et de se montrer digne de lui.

Henry et Jim Neville font les cent pas dans la cour, près d'un superbe van. Joe Russo s'y trouve aussi, avec un photographe qu'il a amené. Alec présente ses amis à son père.

— Tout va bien, Alec ? demande Henry.

— Tu as passé tes examens dans la foulée, je parie ! dit Jim Neville en riant.

— J'espère que oui, fait Alec qui pense à tout

autre chose et examine le van avec intérêt. Dis donc, Henry, m'est avis que nous voyageons en grands seigneurs, pas vrai ?

— Tu parles ! dit Henry. Et, dans le train, ce sera le même genre ! Jim m'a annoncé que nous avions un wagon spécial pour nous.

— Non ?

— Si ! C'est bien exact, Jim ?

— Dame, c'est normal ! Cyclone et Sun Raider ont eu des wagons spéciaux pour voyager. Il n'y a aucune raison pour que Black n'ait pas le sien ! De plus, une foule de gens vont venir, souvent de fort loin, pour voir ces trois chevaux ; il faut donc qu'ils soient au meilleur de leur forme.

— Parfait ! dit Alec.

— Regarde ce que Jim nous a apporté ! s'écrie Henry.

Il montre à son ami une grosse couverture de cheval noire, bordée de blanc, et portant aux quatre coins le mot *BLACK* brodé en lettres blanches.

— Oh ! ce que c'est gentil, Jim ! dit Alec.

— Rien ne sera trop beau pour Black ! répond Jim en riant.

Quand Alec pénètre dans le box, l'étalon hennit doucement ; son maître lui fait un rapide pansage et lui dit :

— Alors, mon grand, voici venue la grande aventure !

Henry lui passe la belle couverture neuve qu'il jette sur le dos du pur-sang et fixe soigneusement.

— Là ! fait-il fièrement. Te voilà bien au chaud et paré comme une belle dame !

— Il n'y a pas de doute qu'il a tout l'air d'un crack, comme ça ! déclare Henry.

— L'air ? réplique Alec. Il n'en a pas que l'air. Il est un crack ! Pas vrai, mon grand ? ajoute-t-il en le caressant affectueusement.

Quand Black, sortant de l'écurie, voit le petit groupe des assistants, près du van, il commence par pointer deux ou trois fois, puis il trottine autour d'Alec.

— On peut prendre quelques photos pour le journal ? demande Joe.

— Bien sûr ! dit Alec. Viens, Henry ! Il faut que, toi aussi, tu paraisses sur les clichés !

Pendant dix minutes, le reporter s'affaire et photographie Black avec tous les assistants, y compris M. Ramsay.

— J'espère, lui dit Alec, que vous pourrez utiliser ces photos… après samedi !

Lorsque Alec entreprend de faire monter l'étalon dans le van, Black se défend, pointe, hennit ; il dresse les oreilles et son regard va constamment d'Alec à l'écurie.

— Qu'est-ce qui ne va pas, mon vieux ? lui demande Alec.

— Je vais te le dire, petit, dit Henry. Chaque fois que nous l'avons transporté dans un van, Napoléon était avec lui. Alors, il se demande ce que son copain est devenu !

— C'est ma foi vrai ! s'écrie Alec. N'empêche qu'il faut bien qu'il s'en passe, maintenant ! Allons viens, Black !

Mais l'étalon, se cabrant de nouveau, continue à refuser de se laisser embarquer ; bien plus, baissant la tête, il vient frotter son nez contre la poitrine d'Alec et repousse son maître vers l'écurie.

— Mais Napo n'est pas là, mon vieux ! lui dit Alec. Il est au travail avec Tony !

C'est peine perdue : Black continue à le pousser de plus belle, et ce manège dure un quart d'heure.

— Quel ennui ! dit Alec. J'ai bien peur qu'il n'y ait rien à faire, car, lorsqu'il a une idée en tête, il n'y a pas moyen de l'y faire renoncer !

— Nous n'avons plus guère de temps ! déclare Neville en consultant sa montre. Si nous ne partons pas dans quelques minutes, nous manquerons le train, et il n'y en a pas d'autre avant demain !

— Black ! Allons, viens ! crie Alec d'un ton suppliant.

Mais l'étalon fait des cabrioles, lève très haut la tête et ses naseaux frémissent, tandis qu'il continue à chercher des yeux son camarade d'écurie. Tout à coup, il dresse les oreilles et hennit fortement. Du bout de la rue voisine, on entend la voix familière de Tony qui crie à pleins poumons :

— Qui veut des pommes, des carottes, des petits pois, des pommes de terre, des poireaux, des choux ! … Qui en veut ?

— C'est Tony avec Napoléon, qui passe par ici ! s'écrie Alec.

— Je vais les chercher ! dit Henry en courant vers la grille.

Quelques minutes plus tard, Napoléon fait, à son trot le plus rapide, une entrée sensationnelle dans la cour. Tony et Henry, assis sur le siège de la branlante carriole, se cramponnent au rebord de la caisse pour ne pas perdre l'équilibre. Le vieux cheval va droit vers Black et ne s'arrête qu'auprès du pur-sang, dont il frotte l'encolure avec son nez. Black paraît enchanté, hennit et se calme aussitôt. En quelques instants, Henry explique à Tony comment il a été amené à utiliser Napo pendant les séances d'entraînement nocturne de Black.

— Et maintenant, Black va courir à Chicago, Tony, et nous ne pouvons pas l'embarquer dans le van sans Napoléon.

— Dites-moi, Tony, dit alors Neville, consentez-vous à nous laisser emmener Napo ?

— Vous croyez que nous le pouvons, Jim ? demande Alec, reprenant espoir.

— Bien sûr ! Il y a toute la place qu'on veut dans le wagon, et là-bas, nous nous débrouillerons. Qu'en dites-vous, Tony ? On vous le ramènera dimanche ou lundi au plus tard, et on vous paiera un bon dédommagement.

— Dame ! fait Tony, après un bref moment de réflexion. Si ça vous fait plaisir, pourquoi pas ? Mais je ne veux pas d'argent. Merci beaucoup ! Napo a été un bon cheval pendant quinze ans. C'est bien son tour de prendre un peu de vacances !

— Alors, entendu, dit Neville. Vite ! En route !

Henry fait embarquer Napo, et Alec suit avec Black, docile comme un chien. Un instant plus tard, le van démarre.

— Ouf ! dit Henry.

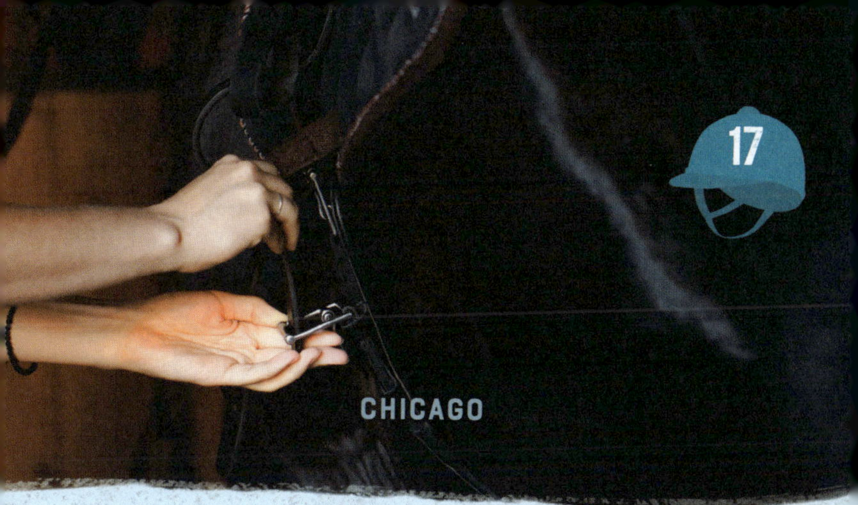

17

CHICAGO

Deux heures et demie sonnent quand ils pénètrent dans la gare des marchandises.

— Nous avons juste le temps ! déclare Jim.

Tout autour d'eux, de nombreux camions vont et viennent, à grand renfort de coups de klaxon, et de tous côtés des gens crient, accroissant encore le tintamarre. Jim fait arrêter le van et va se renseigner au sujet du wagon réservé. Dans le van, l'étalon frappe nerveusement du pied.

— Tout ce bruit l'énerve, dit Alec, qui l'observe par la glace de la cabine.

— C'est inévitable, réplique Henry, mais je voudrais tout de même essayer d'éviter qu'il s'agite trop, à la veille de la course…

Un instant plus tard, Jim revient. Le wagon se

trouve en queue du train ; le van s'y rend, en se frayant un passage parmi les nombreux véhicules qui encombrent le quai. Il est possible d'amener le camion contre le wagon, si bien qu'aucune rampe d'embarquement n'est nécessaire.

— Il ne va même pas s'apercevoir qu'il monte dans le train ! dit Henry.

Dès qu'il a pénétré dans le wagon, Alec s'extasie sur son agencement pratique et confortable ; il est divisé en deux parties, l'une consistant en un box spacieux, à deux stalles et l'autre comprenant trois couchettes de voyageurs.

— Ça peut aller ! déclare Henry. Comme ça, il ne souffrira pas trop du voyage.

Ils s'affairent à préparer les litières et à disposer le bat-flanc séparant les deux stalles, puis Alec va chercher Black. Malgré sa nervosité, l'étalon ne ménage pas à son maître ses habituelles marques d'attachement et frotte son nez contre l'épaule d'Alec. Sans brusquerie, le garçon fait reculer son cheval, qui passe directement du van dans le train. Le plancher du wagon résonne si fort que Black en est effrayé ; mais dès qu'il se trouve sur la paille épaisse de son box, il se calme.

Henry, qui est allé chercher un supplément de paille pour Napoléon, pendant que Jim règle la course au chauffeur du van, revient, chargé de deux grosses bottes. Tandis qu'il aménage la stalle du vieux cheval de trait, Alec hisse leur malle dans le wagon ; Henry y a emballé la précieuse toque verte et la casaque au brassard portant le fameux numéro 3, celui-là même qui avait désigné Chang, le jour où il a gagné sa dernière course, le « Kentucky Derby ». Quelques heures encore à passer, et Alec les porterait à son tour, cette casaque et cette toque ! À cette seule pensée, sa gorge se contracte d'émotion. La voix de Henry l'arrache à ses réflexions :

— Ça y est, petit ! Amène Napoléon, maintenant !

Embarquer le bon vieux cheval est un jeu d'enfant. Il hennit de plaisir en retrouvant Black, qui lui répond non moins gaiement.

— Tout de même, s'écrie Henry, avoue qu'ils forment une drôle de paire, ces deux-là !

— Pour sûr ! réplique Alec. C'est une vraie chance que d'avoir Napo ! Imagine un peu ce qui se serait passé, si nous n'avions pas pu l'emmener !

— Non, grommelle Henry. Je préfère ne rien imaginer de ce genre.

Le van étant reparti, Jim Neville monte à son tour dans le wagon, et, quelques minutes plus tard, le train s'ébranle.

Pendant de longues heures, Alec, ne pouvant dormir, se retourne continuellement sur sa couchette. Un wagon de marchandises est beaucoup plus sonore qu'un wagon de voyageurs, et le garçon ne parvient pas à s'habituer au perpétuel fracas des roues sur les rails et du train filant à toute vitesse. Tout comme son maître, Black ne peut pas rester tranquille et piétine nerveusement la paille de sa stalle. Alec se lève et va rejoindre son compagnon ; Henry et Jim, endormis, respirent profondément, et Napoléon dort aussi. Dès que Black voit arriver le garçon, il hennit, mais Alec le fait taire aussitôt en lui caressant longuement la tête. À certains moments, le wagon vacille un peu, en sorte que l'étalon a du mal à rester debout.

— Eh quoi ? lui dit Alec, ce n'est rien, cela ! Rappelle-toi quand le bateau roulait ; c'était autrement dur, pas vrai ?

Il reste un quart d'heure près du pur-sang, puis, après une dernière caresse, il le quitte en murmurant :

— Maintenant, il faut que nous essayions de dormir, toi et moi ! Nous en avons autant besoin l'un que l'autre !

Revenu à sa couchette, il s'assoupit, mais sans parvenir à s'endormir. Il pense à la course, cherchant à se la représenter. Rouvrant les yeux, il regarde fixement le plafond ; si seulement, il pouvait ne pas réfléchir ! Il doit dormir, c'est indispensable ! Il s'efforce de concentrer sa pensée sur le rythme des roues qui semblent répéter inlassablement : « Chicago – Chicago – Chicago ! … » À force de le dire avec elles, il finit par sombrer dans un profond sommeil.

Henry l'en tire en le secouant par la manche. Jim et lui sont déjà prêts.

— On arrive, petit !

Alec, encore mal réveillé, s'habille lentement.

— Comment te sens-tu, mon gars ? demande Jim.

— Très bien, merci.

— Voilà les faubourgs, annonce Henry.

— Est-ce que le champ de courses est loin de la gare ? demande Alec.

— Assez ! répond Jim. Il faut à peu près trois quarts d'heure pour y aller. J'ai commandé un van. Il est maintenant cinq heures et demie ; par conséquent, si tout se passe bien, nous devrions être au terrain vers six heures et demie.

— Ce ne serait pas mal ! dit Alec. Car, à cette heure-là, il n'y aura sans doute pas trop de gens pour nous déranger !

Le train pénètre dans la gare de marchandises. Alec remplace la couverture de nuit de Black par celle que Jim Neville lui a donnée, pendant que Henry prend soin de Napoléon. À mesure que le train ralentit, une horde de camions s'en approche, faisant un vacarme assourdissant.

— Je crois que c'est encore pire ici qu'à New York ! grommelle Henry.

— Je vais voir où se trouve le van ! dit Jim, qui, ouvrant la porte, saute à bas du wagon avant même qu'il se soit arrêté.

Black, très nerveux, regarde d'un air inquiet la porte ouverte. Pour le calmer, Henry ôte le bat-flanc et laisse Napoléon se placer contre son camarade : l'effet est instantané et les deux chevaux frottent amicalement leurs encolures l'une contre l'autre. Après une brève attente, un van vient s'acculer au wagon et la voix de Jim se fait entendre.

— Quand vous voudrez ! ...

Alec fait sans difficulté passer l'étalon du wagon dans le véhicule, et Henry le suit aussitôt avec Napoléon. Quelques minutes plus tard, ils filent bon train, par les rues désertes, vers le champ de courses où d'excellentes écuries sont aménagées pour les concurrents.

— Qu'est-ce que vous voulez ? leur demande le concierge, avant de leur ouvrir les grilles.

— Je suis Jim Neville, répond le journaliste. Nous amenons un cheval, pour la course de demain.

— Ah ! Le cheval mystérieux ! fait l'homme

en riant. On l'attend avec impatience ! ... Vous pouvez choisir n'importe quel box ! crie-t-il quand il a ouvert le portail. Ce n'est pas cela qui manque ! Mais ne le mettez pas trop près de Sun Raider et de Cyclone ! Il est vrai que ce serait l'occasion ou jamais de le rapprocher d'eux, parce que demain ça ne risquera pas de lui arriver, pas vrai ?

— Il a le sens de l'humour, ce gars-là ! dit Jim.

— Oui, mais demain il faudra qu'il trouve autre chose ! réplique Henry.

Alec, qui surveille Black par la glace de la cabine, constate avec plaisir que les deux chevaux continuent à se frotter amicalement l'un contre l'autre.

Il ne leur faut qu'un quart d'heure pour installer Black et Napoléon dans deux boxes voisins. Le champ de courses, silencieux dans la fraîcheur du matin, semble désert.

— J'ai idée qu'on n'autorise aucun visiteur à pénétrer sur le terrain, dit Alec.

— Je crois plutôt que Cyclone et Sun Raider doivent être en train de galoper, réplique Henry. Dès qu'ils auront fini le travail et qu'on apprendra notre arrivée, tu vas voir qu'on va nous envahir !

— Et dis-toi bien, petit, ajoute Jim, qu'aujourd'hui tu ne pourras pas écarter les journalistes !

— Il faudra tout de même bien les empêcher d'approcher de Black, déclare Henry, sans ça Dieu sait ce qui pourrait arriver !

Tandis que Jim Neville va aux nouvelles, Alec et Henry déballent leur matériel et commencent à panser les deux chevaux. Mais ils ne tardent pas à entendre un bruit grandissant de voix et de pas.

— Les voilà qui rentrent ! dit Henry. Cyclone et Sun Raider ont sans doute fini de travailler.

Il sort du box, laissant Alec avec Black, et s'apprête à accueillir les visiteurs. Effectivement, un groupe de reporters et d'hommes d'écurie s'avance vers lui.

— Bonjour, messieurs ! leur dit-il.

— Salut ! fait l'un des journalistes. On vient voir le cheval-phénomène !

— Erreur ! rectifie un lad. C'est le cheval mystérieux qu'il faut dire !

— Le voici ! répond Henry, en montrant, dans son box, Black qui les regarde farouchement, pendant qu'Alec, impassible, continue à le panser à la brosse douce.

Quelques-uns des assistants esquissent un mouvement en avant, pour venir jusqu'à la porte. Mais Henry leur barre le chemin et déclare :

— Je regrette, mais je vous prierai de ne pas

approcher. Le cheval est impressionnable, et nous ne voulons pas qu'on le dérange.

— Pauvre chéri ! lance un reporter, goguenard. C'est une petite nature délicate, hein ?

Le sang irlandais de Henry commence à s'échauffer.

— Assez de boniments ! rétorque-t-il sèchement. Si vous ne faites pas ce que je vous dis, je vous avertis que je vais vous envoyer voir ailleurs si j'y suis ! Compris ?

L'assistance juge qu'il est inutile d'insister, et plusieurs hommes s'en vont en haussant les épaules. Ce petit homme au visage ridé comme une vieille pomme ne paraît pas comprendre la plaisanterie… Parmi ceux qui restent sur place, à observer Black de loin, il y a quelques échanges de remarques ironiques.

— Il fera moins d'embarras demain ! dit l'un.

— Moi, je ne comprends pas qu'on ait accepté dans une course pareille un toquard de ce genre-là ! déclare un autre.

Peu après Jim Neville revient.

— Sun Raider et Cyclone ont l'air en bonne forme, dit-il. Allez donc les voir tous les deux. Moi, je reste ici pour monter la garde.

— Merci, Jim ! Viens, Alec ! crie Henry.

Ils vont d'abord au box de Cyclone ; la foule stationne devant la porte, et les deux amis s'y mêlent sans être reconnus. On sort le champion pour le faire photographier. C'est un grand modèle, presque aussi grand que Black. Sa magnifique robe alezane luit au soleil, avec des reflets rouges. Il tourne gracieusement au pas, sous les feux des photographes ; sa tête est plus grosse que celle de Black, et son regard n'a pas l'expression intense et sauvage de l'étalon noir.

— C'est typiquement un pur-sang du Kentucky ! murmure Henry. Il est taillé pour la vitesse !

— Oui, fait Alec. Comme il est fin et élancé ! C'est un bien beau cheval !

Ils l'observent un moment, puis se dirigent vers le box de Sun Raider. Le champion de l'Ouest revient de galoper sur la piste, et, à sa vue, Alec retient mal une exclamation. L'animal semble à peu près aussi grand et puissant que Black, mais autant celui-ci est noir autant celui-là est blanc. Il a une petite tête et une abondante crinière, plantée comme une crête, sur son encolure arquée, tout comme celle de Black.

— Formidable ! dit Alec. C'est tout à fait le même modèle que le nôtre, Henry !

— Oui. Il y a en lui beaucoup de pur-sang arabe ! Je parierais que c'est lui qui sera le plus dur à battre ! Mais il ne faut pas oublier que

Cyclone n'a jamais donné sa mesure, et qu'il a gagné toutes ses courses sans se fatiguer !

— Ça va faire deux rudes concurrents, Henry !

— Dame ! Ce sont les deux plus rapides chevaux actuellement connus, mon gars ! Nous savions ce qui nous attendait, pas vrai ?

— Oui, dit Alec. Et je persiste à croire que Black peut les battre !

18

LE MATCH

Le jour de cette course mémorable, l'Amérique tout entière a les yeux tournés vers Chicago. Dès les premières heures de la matinée, une invraisemblable quantité de trains, de cars, d'autos et d'avions déverse sur l'immense cité des milliers de voyageurs, à destination du champ de courses. La ville prend un air de fête ; les bureaux et les magasins ferment l'après-midi, et gens de toutes classes et de tous milieux ne se posent plus qu'une seule question : « Qui de Cyclone ou de Sun Raider gagnera ? »

— Comment vas-tu, Charlie ? demande un motard à un de ses collègues, qui règle la circulation à l'un des plus importants carrefours de la ville.

— Je n'ai jamais rien vu de pareil, Pat ! réplique l'agent de la circulation. D'où diable est-ce qu'ils sortent tous ? Regarde-moi ces embouteillages ! Il y en a comme ça sur des kilomètres !

— Tu parles ! s'écrie le motard. J'en sais quelque chose, et je suis claqué ! Jusqu'au champ de courses, on avance au tour de la roue ! Jamais ils n'y entreront tous !

— On est venu de tous les coins du pays pour voir ça, mon vieux ! Et je t'avoue que je paierais cher, moi aussi, pour y assister ! Qu'est-ce qu'il va leur mettre, comme rouste, Cyclone !

— Penses-tu ! Ce sera Sun Raider, de trois longueurs ! rétorque l'autre, en remettant sa machine en route.

— Enfin, on verra bien ! Et puis, il y a le troisième, le cheval mystérieux ! Qu'est-ce que tu en penses ?

— Pas grand-chose de bon ! Tout le monde se demande comment on le laisse courir dans un match comme celui-là ! Pour moi, il ne figurera même pas dans la course, et c'est une combine qui nous dépasse ! … À tantôt, Charlie ! …

Non loin de l'hippodrome, dans un vaste immeuble de rapport, Mme Ramsay et sa sœur Bess regardent par la fenêtre du salon le flot des voitures qui, lentement, se dirigent vers le champ de courses ; au loin, elles peuvent apercevoir la pelouse déjà noire de monde.

— Je n'ai jamais vu pareil trafic, Bess ! dit Mme Ramsay. Qu'est-ce qui se passe donc là-bas ?

— Voyons, Belle, tu ne vas pas me dire que tu n'as jamais entendu parler du match qui oppose aujourd'hui les deux plus grands chevaux des États-Unis ? Tout le monde ne s'occupe que de ça depuis des semaines ! Et j'ai deux places au pesage pour la course. Je comptais justement t'en faire la surprise !

— Mais Bess, je n'ai jamais été aux courses, et je n'y connais absolument rien !

— Il n'y a pas besoin d'y connaître quelque chose, réplique sa sœur. Le cheval qui gagne, c'est celui qui arrive le premier au poteau, voilà tout ! Moi-même j'y vais rarement, mais cette course-là, personne ne doit la manquer. C'est la première et sans doute la seule fois que Cyclone et Sun Raider vont se rencontrer. Tu as sûrement entendu leurs noms. Ce sera le plus grand match qu'on ait jamais vu. Tu penses bien que ce serait un crime de ne pas y assister, quand on habite, comme nous, à quatre cents mètres de l'hippodrome ! Regarde ce monde ! C'est fou ! Allons, viens, Belle ! Il faut partir, sans ça nous n'arriverons pas à gagner nos places !

— Ça, par exemple ! dit Mme Ramsay, en mettant son chapeau. Quand je dirai à Alec et à son père que j'ai assisté à ce match, ils ne me laisseront plus une seconde en paix ! Il faudra que je laisse le cheval d'Alec habiter chez nous, tu verras ! Je t'ai dit qu'ils en sont tous les deux toqués ! Et je t'assure que j'ai du mal à empêcher que cette passion d'Alec ne prenne des proportions déraisonnables ! … Pauvre gosse ! C'est lui et son père qui auraient aimé voir ça !

— Oui ! C'est trop dommage qu'ils ne soient pas là ! Mais, je suis sûre qu'ils vont suivre la course à la télévision !

Pendant ce temps, à l'aéroport, un avion vire gracieusement dans le ciel et vient se poser sur l'aire d'atterrissage, où il ne tarde guère à s'arrêter. Les passagers descendent en hâte l'échelle, tandis qu'un haut-parleur clame :

— Messieurs les voyageurs pour l'hippodrome, veuillez prendre place dans l'autocar qui vous attend à côté du portillon de sortie !

M. Ramsay, dépassant au pas de course les autres voyageurs, s'engouffre dans le car et s'assoit derrière le chauffeur.

— Vous croyez que nous arriverons à l'heure ? lui demande-t-il.

— Oh ! oui, m'sieur ! fait l'homme. Ça prend toujours beaucoup de temps, vous savez, de mener ces enfants terribles sur la piste et de les aligner pour le départ.

— Surtout que Sun Raider cherche généralement la bagarre avant chaque course, dit un des voyageurs. Il est beaucoup plus sauvage que Cyclone !

— Alors, il fera mieux de se battre que de courir ! déclare un autre turfiste, parce que, une fois Cyclone parti, il ne sera plus question qu'il le rattrape !

— Allons donc ! Sun Raider va le battre au moins de deux longueurs. C'est couru d'avance ! Qu'en dites-vous, monsieur ? demande-t-il à M. Ramsay.

— Moi ? Je parie pour le cheval mystérieux !

— Allons donc ! Vous ne savez pas que c'est un truc de publicité ? Je suis certain qu'il n'y aura pas de troisième cheval !

— On verra bien ! dit M. Ramsay.

Au même moment, dans le box de Black, Alec achève ses préparatifs.

— Ça va être l'heure, mon grand ! dit-il à l'étalon en lui caressant les naseaux.

Le pur-sang frappe nerveusement les dalles avec son antérieur droit. Une double rangée de policiers maintient les spectateurs à bonne distance des écuries. Une foule innombrable a envahi l'hippodrome, et des haut-parleurs diffusent de la musique de danse en attendant l'heure du grand événement.

Henry revient d'une dernière inspection de la piste.

— Vas-y dès le départ, dit-il, et tant que ça peut, petit. Laisse-le faire, et borne-toi à l'empêcher, si tu le peux, de galoper trop près des autres. C'est pour ça qu'à mon avis, le mieux serait de mener le train, de bout en bout. Il en est capable !

— D'accord ! répond Alec.

— Dis donc, elle te va rudement bien, la casaque !

— Oui ! La culotte et la toque ont aussi l'air d'avoir été faites pour moi !

Il met la toque et rabat la longue visière sur ses yeux. Henry ajuste le brassard portant le n° 3.

— Il te portera chance, petit ! C'est lui qui m'a fait gagner ma plus belle course ! Maintenant, va te faire peser !

Alec s'en va, portant son harnachement, au pesage. Comme il revient vers l'écurie, il dépasse les jockeys de Cyclone et de Sun Raider. Ils lui paraissent bien plus âgés que sur les photos publiées le matin dans la presse. L'un d'eux l'interpelle :

— Dis donc, petit, c'est toi qui montes le cheval mystérieux ?

Alec répond par un simple signe de tête affirmatif.

— Alors, vrai de vrai, tu veux monter cette course-là ? dit le jockey de Sun Raider. Nous, on croyait que c'était un truc de publicité, pas vrai, Dave ?

L'autre jockey le tire par la manche et réplique :

— Allons, amène-toi ! C'est pas le moment de perdre son temps ! Toi, le gosse, ajoute-t-il en toisant Alec, tu feras bien de te tenir tranquille, dans cette course !

Ils lui tournent le dos et s'éloignent. Alec se sent devenir rouge de colère. Pour qui se prennent-ils, ces types-là ? Parce qu'ils sont plus anciens dans le métier, ils se figurent que le champ de courses leur appartient ! ...

Henry a sorti Black, et ils le sellent sans trop de difficultés ; la rumeur de la foule énerve naturellement l'étalon, qui ne tient pas en place et mâche son mors.

— Ça va, mon gars ? demande Henry.

— Très bien !

— Encore quelques mots que je te demande de ne pas oublier. Alec ! Je n'ai pas grand-chose à te recommander ; pour ce qui est de monter Black, tu connais ton cheval beaucoup mieux que moi. Tu as bien compris les petits trucs de métier que je t'ai appris, et je suis tranquille. Mais méfie-toi des deux autres jockeys. Ce sont des malins et des durs. Ils ne laisseront passer aucune occasion de t'enfermer ; bien sûr, ils ne feront rien qui soit contraire au règlement ; ils sont redoutables, mais pas malhonnêtes. Ils sont tous les deux décidés à gagner, et toi aussi. Or tu as entre les jambes un cheval qui vaut non seulement autant que les leurs, mais plus. Alors, gare à toi quand ils vont s'en apercevoir.

— Compris, Henry ! dit Alec. Et ne t'en fais pas, va ! Il les battra !

— Je ne peux pas te recommander de le retenir : tu en serais incapable, et personne ne le pourrait, à ta place. Reste dessus, aide-le, et monte comme tu n'as encore jamais monté. Si je l'ai bien jugé, Black doit mener de bout en bout et gagner haut la main !

C'est Cyclone qui prend le premier le chemin du paddock. Il est revêtu d'une couverture écarlate et porte des œillères également rouges ; il a des bandes aux deux antérieurs. La foule l'acclame vigoureusement.

Peu après, on fait sortir Sun Raider, entièrement enveloppé d'une couverture blanche qui tombe presque jusqu'à terre. Ses quatre membres sont bandés. Il piaffe nerveusement et tourne de tous côtés sa petite tête au regard méchant. La foule l'acclame autant que Cyclone, mais soudain elle fait silence.

Black vient d'apparaître, couvert de laine noire, accompagné du vieux Napoléon. Alec le tient par une longe fixée provisoirement à l'anneau du mors de filet. Lorsque à plusieurs reprises il se cabre, son maître ne lui résiste pas et laisse glisser la longe entre ses doigts, jusqu'à ce que l'animal ait reposé les pieds par terre. Dès qu'il aperçoit les deux autres étalons, Black les regarde farouchement ; Alec, se rappelant la bataille de Rio, le retient fortement, et ne suit ses concurrents qu'à une grande distance.

Soudain une voix crie : « Voilà le cheval mystérieux ! » et tous les gens se mettent à échanger leurs impressions. Personne ne s'attendait à voir un tel cheval.

— Mais il est encore plus grand que Sun Raider ! crie quelqu'un.

Un instant plus tard, la voix du juge-commissaire se fait entendre au haut-parleur :

— À cheval !

On ôte aux concurrents leur couverture et Henry met prestement Alec en selle.

— Laisse aller les autres, dit-il, et suis-les à bonne distance ! Comme ça, il y aura moins de risques !

Cependant, Black ne perd pas une seconde

de vue ses rivaux ; non seulement ses naseaux, mais tout son corps frémissent sans arrêt et seule la présence de Napoléon permet aux deux amis de rester maîtres de l'étalon. Des cordons de police maintiennent la foule à distance respectueuse, de chaque côté de l'allée conduisant à la piste. L'apparition de Napoléon fait d'abord rire le public, mais l'impressionnant aspect de Black montre vite aux turfistes qu'il ne s'agit pas d'une plaisanterie, et l'étrange association des deux camarades d'écurie suscite un intérêt passionné. Henry, marchant entre les deux chevaux, les conduit jusqu'à l'entrée de la piste, où il s'arrête. Cyclone et Sun Raider passent lentement au pas, devant les tribunes, se dirigeant vers la ligne de départ.

— Et maintenant, je te laisse, fiston ! dit Henry, calmement. Montre-leur ce que tu peux faire !

— O.K., Henry, dit Alec.

Black entre sur la piste, tandis que Napoléon, maintenu par Henry, hennit plaintivement.

Tous les postes d'observation les plus favorables sont garnis de spectateurs. Il y en a sur les toits, dans les arbres, juchés sur des échelles, et, dans les tribunes, on n'aurait pas pu laisser tomber une épingle. L'attention générale se concentre d'abord sur Cyclone et sur Sun Raider. Puis, à la stupéfaction générale, voici que paraît un gigantesque cheval noir, dont la crinière s'agite au vent comme une flamme. D'un même mouvement, le public des tribunes se lève et des milliers de jumelles se braquent sur le troisième concurrent du match, le mystérieux crack découvert par Jim Neville.

— Et voici le cheval mystérieux ! hurle dans son micro le commentateur officiel, racontant à des dizaines de millions d'auditeurs l'étonnant événement.

« Le programme nous informe qu'il se nomme Black et que son jockey s'appelle Alec Ramsay. Il provoque parmi l'immense public de l'hippodrome une véritable sensation. Pour ma part, je dois dire que c'est l'un des chevaux les plus extraordinaires que j'aie jamais vus, et peut-être le plus grand de tous. Il est noir, noir comme du charbon ; il est puissant ; il respire la force, l'énergie, et semble ne pas vouloir approcher de ses concurrents. Alec Ramsay, qui le monte, a beaucoup de mal à en rester maître. Bon sang ! J'ai passé ma vie à voir des chevaux, mais jamais je n'en ai vu un ayant une action pareille ! Nous avons à peu près tous pensé qu'il s'agissait d'une aimable fantaisie de notre ami Jim Neville ; eh bien, j'ose prétendre que Black va jouer un rôle important dans cette course. Oui, mes chers auditeurs, et cela fait que nous sommes sur le point d'assister à un événement sportif véritablement unique dans l'histoire du turf ! Ce sera le match le plus passionnant de tous les temps !

« Les voilà qui approchent de la ligne de départ ! Mais Cyclone ne veut pas rester près de Black et fait demi-tour. Sun Raider reste en place, mais montre les dents à Black ! Le juge au départ a un mal terrible à les mettre en ligne ! Ce cheval noir est un démon ! Il veut manifestement se battre ! Ils vont s'aligner ! Non ! Black se dresse tout droit sur ses postérieurs et se jette sur Sun Raider, en agitant ses antérieurs, comme s'il boxait ! Je ne sais pas si vous avez entendu, mes chers auditeurs, le cri qu'il vient de pousser. Ce n'est pas un hennissement, c'est bien le cri d'un animal sauvage. Je n'ai jamais rien entendu de semblable ! Il recommence ! C'est tellement aigu qu'on pourrait appeler ça un sifflement ! Ah ! Alec Ramsay a réussi à l'empêcher de pointer de nouveau. Tonnerre, c'est un vrai cow-boy, ce garçon-là ! Il reste collé à son cheval, quoi qu'il arrive ! Eh bien, en attendant de voir la plus passionnante des courses, quatre-vingt mille spectateurs sont en train d'assister à une bataille comme ils n'en ont sûrement jamais imaginé ! Vous pouvez me croire, ce Black est un étalon sauvage qui n'a jamais été vraiment dressé. Rendez-vous compte ! Un animal sauvage sur un champ de courses !

« Tous ceux d'entre vous qui connaissent Sun Raider savent qu'il est lui-même extrêmement farouche. Eh bien, je peux vous assurer qu'aujourd'hui, il a trouvé à qui parler, si j'ose dire, ou plutôt contre qui se battre, en attendant que nous sachions s'il en sera de même dans la course ! Ah ! Il s'est écarté de Black, et Cyclone se trouve entre eux. C'est mieux ainsi. Alec Ramsay calme son cheval ; il fait vraiment des merveilles, ce gosse, et pourtant, je ne voudrais pas, pour tout l'or du monde, être à sa place ! Maintenant, c'est Sun Raider qui ne veut pas rester tranquille ! Il est furieux, et on se rend compte qu'il hait l'étalon noir ! Le voilà qui se cabre et attaque Black ! Il l'a touché à la cuisse ! Oh, oh ! Black saigne. Ce doit être un coup très dur ! Alec Ramsay n'est plus maître de son cheval, qui se jette à son tour sur Sun Raider ! On ne peut pas arrêter ça ! Ah ! Sun Raider fait demi-tour et fuit devant Black ! Il a trouvé son maître, ma parole ! Bravo, Alec ! Le garçon a réussi à reprendre son cheval en main. Il le ramène à l'extérieur, et Sun Raider est à la corde ! Je crois que le starter va donner le départ ! Les deux ennemis n'ont plus l'air de vouloir se battre ; mais Black saigne beaucoup, tandis que Sun Raider n'a reçu que des coups de dents ! Alec Ramsay se penche pour regarder la blessure de son cheval ! Il met pied à terre ! Il va probablement abandonner ! … Quel dommage ! ILS SONT PARTIS ! … Le juge au départ a sans doute estimé que Black n'était plus en état de courir.

« Cyclone et Sun Raider passent botte à botte devant les tribunes et Black est resté sur la ligne de départ ; il n'est plus dans la course ! Non. Non ! Le voilà qui est parti à son tour ! Son jockey était à peine remonté quand il a démarré ! Il fait des efforts désespérés pour l'arrêter ! Il ne veut pas le faire courir dans ces conditions ! Mais Black s'en moque bien ! C'est lui qui, au contraire, oblige Alec Ramsay à participer à la course ! Il a pris le mors aux dents ! Il a au moins cent mètres de retard sur ses rivaux, et ne pourra jamais les rattraper, mais il veut courir quand même !

« Cyclone a battu Sun Raider dans le premier tour ! Les deux jockeys ont levé leurs cravaches ! Chacun d'eux veut mener le train ! Le jockey de Cyclone voudrait bien garder la tête pour que Sun Raider reçoive dans le nez toute la terre que soulèvent les formidables foulées de son rival ! Et puis, en se maintenant devant le blanc, l'alezan l'empêche d'avancer ! Ils sont tous les deux à la corde ! Attention ! Dans le tournant, Sun Raider remonte Cyclone, et ils entrent botte à botte dans la ligne droite extérieure !

« Formidable ! … Vous avez entendu, mes

chers auditeurs, les hurlements de la foule ! C'est que Black arrive comme un ouragan ! Jamais on n'a vu un cheval galoper comme celui-là ! C'est une splendeur ! Quelle puissance ! Il remonte ! Il remonte encore ! Il remonte toujours ! Il faut le voir pour le croire ! Black est en train de pulvériser tous les records ! À l'approche du dernier tournant, les deux cracks sont botte à botte et Black est juste derrière eux ! C'est tout simplement prodigieux ! Quelle foulée, mes amis ! Le public est dans un état indescriptible ! Dans le tournant, Sun Raider a pris la tête ! Ils entrent dans la ligne droite ! …

La foule se met à crier de plus belle, en voyant les trois chevaux déboucher vers elle. Sun Raider fonce vers le but et Cyclone, faiblissant, est bientôt dépassé par Black. Devançant son adversaire de deux longueurs, Sun Raider, violemment actionné par son jockey, accélère encore son allure. Mais Black, déboîtant un peu, paraît trouver une énergie nouvelle. En quelques foulées, il remonte une longueur, sans qu'Alec ait même à bouger les mains ; sur son grand pur-sang, le garçon n'est qu'une petite tache verte, en partie cachée par l'épaisse crinière noire.

À cent mètres de l'arrivée, ils passent devant les premières tribunes où hurle une foule en délire.

— Jamais il n'arrivera à battre Sun Raider ! vocifère le journaliste radio.

Or voici que, remontant petit à petit les quelques mètres qui le séparent de l'étalon blanc, Black se rabat soudain contre son rival, couche les oreilles et montre les dents. Mais à ce moment précis, on voit la main d'Alec se lever, et, pour la première fois, frapper un violent coup de cravache sur la croupe de sa monture. L'effet est foudroyant et arrache de nouveaux cris au public. Black, en quelques secondes, prend à Sun Raider une tête, puis une encolure, une longueur, puis une autre encore, et finalement passe comme un bolide devant le poteau d'arrivée.

Il galope encore jusqu'au tournant, et c'est seulement à l'entrée de la ligne droite extérieure qu'Alec peut l'arrêter. Encore est-il convaincu que seule sa blessure oblige l'étalon à ne plus poursuivre sa course folle.

Sans tenir aucun compte des applaudissements frénétiques dont il est l'objet, Alec, épuisé, se laisse glisser à bas de son cheval et se penche anxieusement sur la jambe blessée, qui continue à saigner. Il tente d'arrêter le sang avec son mouchoir, en disant à Black :

— Grand fou ! Tu n'aurais pas dû faire ça !

Un van pénètre alors sur la piste et fonce à toute vitesse vers Alec, soulevant un nuage de poussière. Quand Black le voit approcher, il se cabre, mais la fatigue de la course le rend plus docile, et il ne tarde pas à se calmer. Henry, accompagné d'un vétérinaire, saute du camion.

— Est-il grièvement blessé, Alec ? …

— Je ne sais pas. Il saigne beaucoup et ça lui fait mal !

Le vétérinaire peut, non sans mal, examiner et nettoyer la profonde entaille faite dans la cuisse de Black par le coup de pied de Sun Raider. Au loin, la foule, subitement silencieuse, suit à la jumelle la scène qui se déroule sur la piste.

Le vétérinaire se redresse enfin et déclare :

— Ce cheval a des membres en acier ! Il a dû perdre pas mal de sang, mais aucun organe vital n'est atteint. Deux mois de repos, et il n'y paraîtra plus !

Alec et Henry se regardent sans dire un mot ; leurs yeux sont humides. Ils aident le vétérinaire à bander la jambe de Black, et c'est seulement une fois le pansement achevé que Henry rompt le silence. Il donne à Alec une affectueuse tape sur l'épaule et lui dit simplement :

— Bravo, petit ! Tu les as bien eus !

— O.K., mon garçon ! fait le vétérinaire. Et maintenant, en route pour le pesage : on t'attend là-bas !

Dès que Henry a remis Alec en selle, une formidable ovation s'élève de la foule. Black, les oreilles dressées, roule des yeux effrayés, mais les voix conjuguées d'Alec et de Henry le rassurent. Alec commence seulement à réaliser que la course est terminée et qu'il l'a gagnée. Le fol enthousiasme du public lui met le sang aux joues et son cœur bat très fort.

Henry part en avant, pour recommander au service d'ordre de faire largement dégager l'allée menant au pesage, car Black, se cabrant à tout moment, menace de ne pas vouloir se laisser conduire dans l'enceinte des vainqueurs. Le public, fasciné, semble comprendre qu'il vaut mieux ne pas effaroucher cet étonnant animal, et se borne à suivre avec la plus vive attention son retour au pesage. Au surplus, les cabrioles de Black ont tôt fait de décourager ceux qui auraient voulu l'approcher ; seuls quelques courageux photographes se risquent à proximité du champion. Son arrivée devant les officiels suscite un long murmure d'admiration, et le juge-commissaire résume l'opinion générale en déclarant :

— Voilà bien le plus magnifique animal qui ait jamais galopé sur un champ de courses !

Chose surprenante, Black, parvenu dans l'enceinte réservée aux vainqueurs et aux personnalités, se laisse passer autour du cou le grand fer à cheval fleuri du triomphe et se tient tranquille, malgré le feu nourri des éclairs de magnésium. Alec et Henry ont peine à en croire leurs yeux.

Au moment où il va pour mettre pied à terre, Alec, qui, un peu hébété, regarde la foule, aperçoit soudain un visage familier.

— Papa ! s'écrie-t-il. Henry ! regarde ! Papa est là !

Henry se fraye un chemin dans la foule pour permettre à M. Ramsay d'approcher ; et tout à coup une voix également familière fait sursauter les deux hommes.

— Eh bien, nous voilà tous réunis ! déclare Mme Ramsay.

— Belle ! s'exclame son mari, stupéfait.

— Quelle journée ! fait-elle en s'appuyant au bras de son époux. Jamais je n'oublierai ce que j'ai éprouvé, depuis l'instant où j'ai vu paraître Alec sur Black, jusqu'à la fin ! … Et je ne pouvais rien faire ! … Mais maintenant je suis contente, parce que c'est fini et que le petit est sain et sauf !

— Il faut être très fière de lui, madame Ramsay ! dit Henry en conduisant les parents vers leur glorieux fils.

Le gouverneur de l'État vient de remettre à Alec la médaille d'or, quand le garçon voit arriver, avec Henry, non seulement son père mais sa mère. Bouche bée, il en oublie d'écouter les félicitations du haut personnage. Une grande émotion l'étreint, le rendant incapable de dire un mot. Tant que le gouverneur parle, il demeure appuyé à Black, qui commence à s'impatienter et frappe le sol de coups de pied nerveux.

Il faut cependant attendre longtemps que le gouverneur ait fini son discours et que photographes et journalistes aient achevé d'accaparer le vainqueur du match. Puis Henry desselle Black, et à peine l'a-t-il fait que le service d'ordre dégage l'entrée de l'enceinte ; on voit alors s'avancer Jim Neville, conduisant en main Napoléon. Aussitôt, Black hennit gaiement et dresse bien haut sa tête.

— Bravo, mon gars ! s'écrie Jim. Je savais que tu pouvais gagner, mais je n'aurais jamais pensé que tu réussirais à rattraper cent mètres de retard ! C'est prodigieux ! Napoléon lui-même en était devenu à moitié fou. Il a voulu absolument venir, lui aussi, féliciter son copain !

— Dame ! dit Alec. Il a bien mérité d'être ici, Jim, parce que, sans lui, nous n'y serions pas nous-mêmes !

Les envoyés spéciaux de la radio s'approchent alors avec leurs micros, et déclarent que le « champion du monde », Alec Ramsay, va dire quelques mots aux auditeurs.

Alec, un peu gêné, réfléchit un instant, puis déclare simplement :

— Black s'est comporté exactement comme je m'y attendais. Nous savions qu'il était capable de gagner, et il vient de le prouver, dans des conditions particulièrement difficiles.

Les reporters enchaînent aussitôt en faisant le récit des aventures de Black et d'Alec. Jim Neville sourit de plaisir : c'est lui qui vient de les mettre au courant ! …

Les propriétaires de Cyclone et de Sun Raider viennent féliciter Alec et déclarent n'avoir jamais vu, dans toute leur existence de turfistes, un cheval comparable à Black.

— Je ne pense pas que vous envisagiez de le vendre ? demande M. Hurst.

— Non, monsieur, répond fièrement Alec. Et nous avons bien l'intention de faire parler de lui !

— Ça, je le crains fort ! déclare M. Volence.

Répondant aux sollicitations de la foule, Alec garde en souvenir quelques-unes des roses qui parent l'encolure de Black et jette les autres aux amateurs de souvenirs. Puis, quand toutes les formalités sont terminées, il prend Black par la bride et, suivi de Napoléon tenu par Henry, il le ramène à l'écurie où l'attend un festin exceptionnel : l'avoine du triomphe.

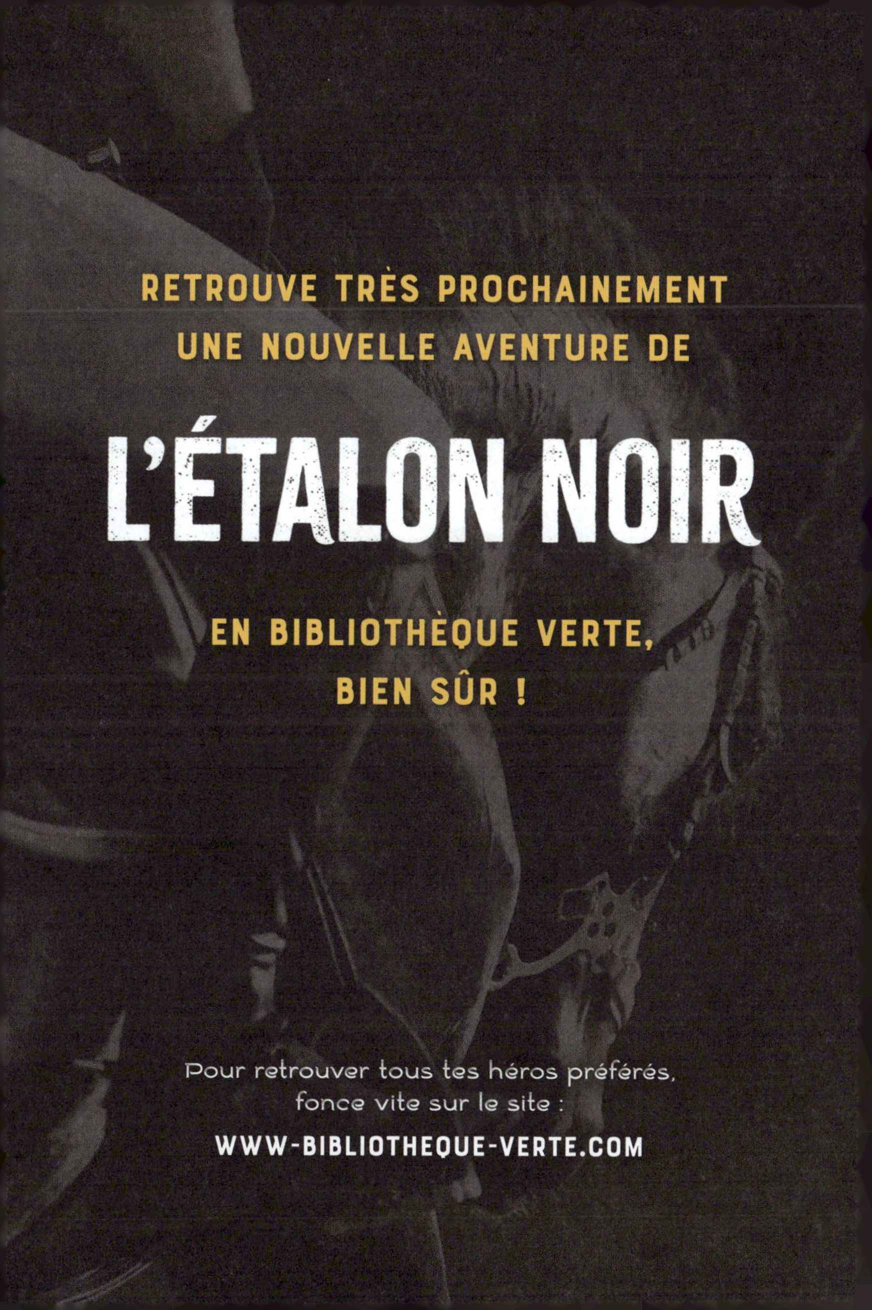
RETROUVE TRÈS PROCHAINEMENT
UNE NOUVELLE AVENTURE DE
L'ÉTALON NOIR
EN BIBLIOTHÈQUE VERTE,
BIEN SÛR !
Pour retrouver tous tes héros préférés,
fonce vite sur le site :
WWW-BIBLIOTHEQUE-VERTE.COM

LES AS-TU TOUS LUS ?

TOME 1

TOME 2

TOME 3

TABLE

PAPIER À BASE DE FIBRES CERTIFIÉES

hachette s'engage pour l'environnement en réduisant l'empreinte carbone de ses livres. Celle de cet exemplaire est de :
850g éq. CO_2
Rendez-vous sur www.hachette-durable.fr

Photogravure Nord Compo - Villeneuve-d'Ascq
Imprimé en Espagne par MACROLIBROS
Dépôt légal : juin 2021
Achevé d'imprimer : mai 2021
17.2985.3/01 – ISBN 978-2-01-713203-5
Loi n° 49956 du 16 juillet 1949
sur les publications destinées à la jeunesse